小説
映《えい》画《が》ドラえもん
のび太のひみつ道具《どうぐ》博物館《ミュージアム》
原作：藤子《ふじこ》・F《エフ》・不二雄《ふじお》
著：福島直浩《ふくしまなおひろ》　脚本：清水東《しみずひがし》　監督：寺本幸代《てらもとゆきよ》

登場人物《とうじょうじんぶつ》

小説　映画ドラえもん

のび太のひみつ道具博物館《ミュージアム》

藤子・F・不二雄／原作
福島直浩／著　清水 東／脚本　寺本幸代／監督

★小学館ジュニア文庫★

もくじ

プロローグ……007

01- 盗《ぬす》まれた鈴《すず》……022

02- ひみつ道具《どうぐ》博物館《ミュージアム》へ！……036

03- 案内人《あんないにん》クルト……051

04- ジャイアンとスネ夫《お》の災難《さいなん》……074

05- 怪《あや》しい館長《かんちょう》……087

06- 太陽製造機《たいようせいぞうき》……103

07- クルトの発明品《はつめいひん》……120

08- 鈴《すず》の思《おも》い出《で》……135

09- 怪盗《かいとう》ＤＸ《デラックス》の予告状《よこくじょう》……146

10- ひみつ道具対決《どうぐたいけつ》！……155

11- しずかの推理《すいり》……170

12- 怪盗《かいとう》ＤＸ《デラックス》の正体《しょうたい》……185

13- ペプラー博士《はかせ》の謀略《ぼうりゃく》……205

14- 暴走《ぼうそう》……217

15- 最後《さいご》の切《き》り札《ふだ》……231

エピローグ……247

プロローグ

『予告状《よこくじょう》。今夜零時《こんやれいじ》に、この美術館《びじゅつかん》で一番貴重《いちばんきちょう》なお宝《たから》をいただきにまいります。

怪盗《かいとう》アルセーヌ・ルパン』

満月《まんげつ》が静《しず》かに輝《かがや》く夜《よる》だった――。

美《うつく》しい塔《とう》の大時計《おおどけい》から、ボーン、ボーンと荘厳《そうごん》な鐘《かね》の音《ね》が夜空《よぞら》に鳴《な》り響《ひび》く。塔《とう》のてっぺんに人影《ひとかげ》があった。

月明《つきあ》かりに照《て》らされたその人物《じんぶつ》はアルセーヌ・ルパン。先頃《さきごろ》、美術館《びじゅつかん》に予告状《よこくじょう》を出《だ》した本人《ほんにん》だ。

時《とき》は来《き》た。ルパンは勢《いきお》いよく塔《とう》から飛《と》び立《た》つと、バサッバサッとマントをはためかせながら、夜《よる》の闇《やみ》へ消《き》えていった。

美術館《びじゅつかん》の第一展示室《だいいちてんじしつ》には、たくさんの警官《けいかん》がネズミ一匹見逃《いっぴきみのが》すまいと、目《め》を光《ひか》らせていた。その中心《ちゅうしん》でガニマール警部《けいぶ》が、落《お》ち着《つ》きなく歩《ある》き回《まわ》る。

「う~む、ルパンめ。一番貴重《いちばんきちょう》なお宝《たから》か……」

警部《けいぶ》の近《ちか》くにはガラスケースに入《はい》った像《ぞう》が展示《てんじ》されていた。ユニークなポーズで立《た》ち上《あ》がった青《あお》い像《ぞう》は、いたるところに宝石《ほうせき》がちりばめられていた。

「この幻《まぼろし》の秘宝《ひほう》『ボヘミアの踊《おど》る犬《いぬ》』か、それとも第三展示室《だいさんてんじしつ》の名画《めいが》、『悪魔《あくま》の足《あし》つぼマッサージ』か……。一体《いったい》どっちなんだ……」

ガニマール警部《けいぶ》が首《くび》をひねったその瞬間《しゅんかん》、

ボーン、ボーン、ボーン……。

時計塔《とけいとう》の鐘《かね》の音《ね》が、館内《かんない》に響《ひび》き渡《わた》った。零時《れいじ》になったのだ。

その時《とき》、ガシャン！　と何《なに》かが割《わ》れたような音《おと》がする。

音《おと》は第三展示室《だいさんてんじしつ》の方《ほう》から聞《き》こえてきた。天井《てんじょう》につるされていたシャンデリアが落下《らっか》したらしく、警備員《けいびいん》たちの騒《さわ》ぐ声《こえ》が聞《き》こえてくる。

「しまった！」

ガニマール警部《けいぶ》が振《ふ》り返《かえ》って叫《さけ》ぶ。そうしている間《あいだ》にも、部屋《へや》の照明《しょうめい》が次々《つぎつぎ》に消《き》えていく。

「ヤツは第三展示室《だいさんてんじしつ》だ！　急《いそ》げ～っ！」

大声《おおごえ》で指示《しじ》を出《だ》すと、まわりの警官《けいかん》たちが一斉《いっせい》に第三展示室《だいさんてんじしつ》に向《む》かっていく。

「逃《に》がすな～っ！　行《い》け～っ！」

警官《けいかん》たちは、あっという間《ま》に第一展示室《だいいちてんじしつ》から走《はし》り去《さ》っていった。

「……」

警官《けいかん》たちを見送《みおく》ると、ガニマール警部《けいぶ》はガラスケースの方《ほう》へ振《ふ》り返《かえ》る。その顔《かお》は先《さき》ほどまでの正義感《せいぎかん》あふれる警部《けいぶ》の顔《かお》ではなかった。

「フフフフ……」

不気味《ぶきみ》な笑《え》みを浮《う》かべ、ガニマール警部《けいぶ》はコートの肩《かた》のあたりをつかんで、思《おも》いっきり上《うえ》へ引《ひ》き抜《ぬ》いた。

バサッとコートがなびいて宙《ちゅう》を舞《ま》う。コートの下《した》から現《あらわ》れたのは黒《くろ》いスーツに身《み》を包《つつ》んだ男《おとこ》――怪盗《かいとう》ルパンだった。ルパンはガニマール警部《けいぶ》に変装《へんそう》して、この美術館《びじゅつかん》に潜《もぐ》り込《こ》んでいたのだ。

「フフフフ……」

目《め》の前《まえ》の『ボヘミアの踊《おど》る犬《いぬ》』がルパンの標的《ひょうてき》だった。計画《けいかく》が成功《せいこう》したことを完全《かんぜん》に確信《かくしん》して、ルパンがケースに手《て》をかけたその時《とき》だった。

「そこまでだ！」

少年《しょうねん》の声《こえ》が響《ひび》き渡《わた》った。

「誰《だれ》だっ！」

ルパンは振《ふ》り返《かえ》る。背中《せなか》につけたマントがなびいた。見上《みあ》げると、中二階《ちゅうにかい》のテラスに一人《ひとり》の少年《しょうねん》が立《た》っていた。

「ふふふ……」

背中《せなか》を向《む》けて立《た》つ少年《しょうねん》が、振《ふ》り返《かえ》った。

「名探偵《めいたんてい》、シャーロックのび太《た》だ！」

そう名乗《なの》ったメガネの少年《しょうねん》は、短《みじか》いケープがついたインバネスコートに身《み》を包《つつ》み、鹿撃《しかう》ち帽《ぼう》をかぶっていた。そして左手《ひだりて》には虫眼鏡《むしめがね》をかかげている。まさしく名前《なまえ》の通《とお》り、シャーロック・ホームズのような出《い》で立《た》ちだった。

「くっ……」

ルパンは悔《くや》しげに唇《くちびる》を噛《か》むと、踵《きびす》を返《かえ》して逃《に》げ出《だ》す。

「待《ま》てっ！」

少年《しょうねん》はすかさず目《め》の前《まえ》の手《て》すりを飛《と》び越《こ》え、階下《かいか》へ華麗《かれい》に飛《と》び降《お》りる――はずだった。

だが、手《て》すりを握《にぎ》った手《て》が、つるりと滑《すべ》る。

「えっ？」

そのままバランスを崩《くず》して、あわあわと手足《てあし》を動《うご》かす。が、その手《て》は宙《ちゅう》を泳《およ》いだだけだ。

少年《しょうねん》の体《からだ》は重力《じゅうりょく》によって、見事《みごと》に落下《らっか》していく。

「！……」

体《からだ》が落《お》ちていく感覚《かんかく》が伝《つた》わり、視界《しかい》が真《ま》っ白《しろ》になる。その直後《ちょくご》――、
ガッターーン！

巨大《きょだい》な音《おと》を立《た》てて、少年《しょうねん》の体《からだ》は床《ゆか》に叩《たた》きつけられた。

「待《ま》て～っ！　ルパ～ン！　ルパ～ン‼」

このままでは逃《に》げられてしまう。少年《しょうねん》はもがきながら叫《さけ》ぶ。

――が、何《なに》やら様子《ようす》がおかしいことに気《き》づいた。

「ハハハハハッ！」

まわりから子《こ》どもたちの笑《わら》い声《ごえ》が聞《き》こえてきたのだ。

「ん？」

メガネの少年《しょうねん》は不思議《ふしぎ》に思《おも》って、ふと目《め》を開《ひら》いた。ぼんやりとしたなかで、初《はじ》めて気《き》がついた。少年《しょうねん》は今《いま》この瞬間《しゅんかん》まで寝《ね》ていて、夢《ゆめ》を見《み》ていたのだと。

「ハハハハハ！　のび太《た》、お前《まえ》ホームズにでもなったつもりかよ」

野太《のぶと》い声《こえ》が聞《き》こえて、メガネを通《とお》した少年《しょうねん》の視界《しかい》に大柄《おおがら》な少年《しょうねん》が入《はい》り込《こ》んできた。のび太《た》と呼《よ》ばれた少年《しょうねん》は、寝転《ねころ》がったまま目《め》をぱちぱちとさせる。

メガネの少年《しょうねん》の名《な》は野比《のび》のび太《た》。この学校《がっこう》に通《かよ》う小学生《しょうがくせい》であり、得意《とくい》なことは昼寝《ひるね》とあやとり、不得意《ふとくい》なことは国語《こくご》に算数《さんすう》に体育《たいいく》に図工《ずこう》に……と数《かぞ》え切《き》れない。のび太《た》は学校《がっこう》の教室《きょうしつ》で居眠《いねむ》りをし、バランスを崩《くず》して椅子《いす》ごとひっくり返《かえ》ったのだった。

すでに帰《かえ》りの会《かい》は終《お》わったのか、みんなが荷物《にもつ》を手《て》に帰《かえ》り始《はじ》めている。のび太《た》は仰向《あおむ》けのまま、笑《え》みを浮《う》かべて自分《じぶん》をのぞき込《こ》む大柄《おおがら》な少年《しょうねん》を見上《みあ》げた。

大柄《おおがら》な少年《しょうねん》は剛田武《ごうだたけし》。みんなからはジャイアンと呼《よ》ばれていた。ジャイアンはいわゆるガキ大将《だいしょう》であり、日頃《ひごろ》からのび太《た》をからかったり、ひどい目《め》にあわせることが多《おお》い。のび太《た》にとっては恐《おそ》るべき存在《そんざい》だった。

そんなジャイアンの近《ちか》くから少女《しょうじょ》の澄《す》んだ声《こえ》が聞《き》こえた。

「あ、昨日《きのう》の映画《えいが》？　面白《おもしろ》かったわね～」

少女《しょうじょ》はジャイアンがホームズのことを言《い》ったのに反応《はんのう》したらしい。ニコッと笑顔《えがお》を見《み》せると、昨日《きのう》の映画《えいが》を思《おも》い出《だ》して目《め》を細《ほそ》める。

少女《しょうじょ》の名《な》は源静香《みなもとしずか》。のび太《た》のクラスメートで、のび太《た》の憧《あこが》れの存在《そんざい》だ。二《ふた》つに束《たば》ねられた髪型《かみがた》がよく似合《にあ》う美少女《びしょうじょ》で、その微笑《ほほえ》みからは優《やさ》しさがあふれている。

そんななか、遠《とお》くからもう一人《ひとり》の少年《しょうねん》の声《こえ》が聞《き》こえた。

「見《み》た見《み》た。『ルパンVS《バーサス》・ホームズVS《バーサス》・オシシ仮面《かめん》』でしょ」

小柄《こがら》な少年《しょうねん》がランドセルを背負《せお》って、のび太《た》たちの方《ほう》へ近《ちか》づいてくる。

ツンととんがった前髪《まえがみ》を逆立《さかだ》てて、得意《とくい》げに歩《ある》いてきた少年《しょうねん》は、骨川《ほねかわ》スネ夫《お》。町内随一《ちょうないずいいち》のお金持《かねも》ちの家《いえ》の息子《むすこ》であり、少《すこ》しばかり言動《げんどう》がイヤミで自慢《じまん》げなことが多《おお》い。スネ夫《お》がジャイアンと一緒《いっしょ》になってのび太《た》をからかうのは、日常茶飯事《にちじょうさはんじ》だ。

スネ夫《お》の言葉《ことば》にしずかは「うん」とうなずく。やっと起《お》き上《あ》がったのび太《た》は、机《つくえ》の下《した》から顔《かお》を出《だ》して会話《かいわ》に参加《さんか》した。

「カッコよかったよねえ、ホームズ。ぼくもあんな風《ふう》になれたらなあ……」

のび太《た》は想像《そうぞう》する。たった今見《いまみ》ていた夢《ゆめ》で、まさしくホームズのようになっていたのは、この願望《がんぼう》から来《き》たものかもしれない。

だが、のび太《た》の夢《ゆめ》はすぐに打《う》ち砕《くだ》かれた。

「ムリムリ！　お前《まえ》にあんな天才的《てんさいてき》な推理《すいり》、できるわけないだろ」

ジャイアンがこめかみに指《ゆび》をあて、バカにしたように笑《わら》う。

「のび太《た》にぴったりなのはさ、あのマヌケな刑事《けいじ》の役《やく》！」

スネ夫《お》が横《よこ》から口《くち》を出《だ》した。

「『怪《あや》しい……』なんってさ～！　全然的外《ぜんぜんまとはず》れのヤツ～！」

と、アゴに手《て》を当《あ》てて、昨日《きのう》の映画《えいが》に出《で》てきた刑事《けいじ》のモノマネをしながらバカにする。

そのモノマネが似《に》ていたのか、ジャイアンだけじゃなくしずかまで笑《わら》った。

のび太《た》は顔《かお》をしかめ、口《くち》をへの字《じ》に曲《ま》げ、む～っと悔《くや》しげにスネ夫《お》たちをにらみつけることしかできなかった。

＊＊＊

悔《くや》しい気持《きも》ちをかかえたまま、のび太《た》は家《いえ》に帰《かえ》り着《つ》いた。

「ただいま～！」

いつも通《どお》りに叫《さけ》ぶと、すぐさま自分《じぶん》の部屋《へや》へ続《つづ》く階段《かいだん》を駆《か》け上《のぼ》っていく。

「ドラえもん、ドラえもん、ドラえもん～～～！」

のび太《た》が何度《なんど》も口《くち》にしている『ドラえもん』とは、のび太《た》の家《いえ》に居候《いそうろう》している未来《みらい》からやってきたネコ型《がた》ロボットだった。そのお腹《なか》にある白《しろ》いポケットから出《で》てくるひみつ道具《どうぐ》は、二十二世紀《にじゅうにせいき》の技術《ぎじゅつ》を結集《けっしゅう》した大変便利《たいへんべんり》なもので、のび太《た》は幾度《いくど》となくそれらに助《たす》けられてきた。

また、ドラえもんは大《だい》のどら焼《や》き好《ず》きでもあり、おそらく今《いま》も部屋《へや》でどら焼《や》きに舌鼓《したつづみ》を打《う》っていることだろう。

そんなことを考《かんが》えながら、のび太《た》は部屋《へや》のふすまを開《あ》けた。

しかしドラえもんの姿《すがた》はなかった。

「あれ……なんだ、いないのか……」

いったいどこへ行《い》ったんだろう。

がっかりしてのび太《た》はランドセルを放《ほう》り投《な》げる。するとその弾《はず》みでランドセルが開《ひら》いて、中身《なかみ》がパサッと滑《すべ》り出《で》た。中《なか》から出《で》てきた紙切《かみき》れを見《み》て、のび太《た》は「わ～！」とあわてて駆《か》け寄《よ》る。

「まずい、0点《てん》のテストが……」

のび太《た》は赤《あか》い『×《ばつ》』だらけの答案《とうあん》を拾《ひろ》い上《あ》げる。その点数《てんすう》からもわかるが、のび太《た》の成《せい》績《せき》は常《つね》にかんばしくない。これがママにバレたら大変《たいへん》なことになるのだ。

答案《とうあん》を拾《ひろ》い上《あ》げた時《とき》、のび太《た》は床《ゆか》に見知《みし》らぬ小《ちい》さなカードが落《お》ちているのに気《き》づいた。

「ん？　なんだこれ？」

拾《ひろ》い上《あ》げると、そこには大《おお》きく『DX《ディーエックス》』と書《か》かれていた。

「ディー……？　エックス……？」

若干怪《じゃっかんあや》しかったが、のび太《た》だってアルファベットくらいは読《よ》める。怪訝《けげん》にカードをひっくり返《かえ》したりするが、ただのカードだ。

その時《とき》だった。

「のびちゃ～ん」

部屋《へや》の外《そと》からママの声《こえ》がした。どうやら階段《かいだん》を上《のぼ》ってきているようだ。

「わ～っ！　ど～しよ、ど～しよ、テストが……！」

のび太《た》の手元《てもと》には0点《てん》の答案《とうあん》が握《にぎ》られている。これを急《いそ》いで隠《かく》さなくては！

しかし時間《じかん》がない。あと数秒《すうびょう》でママはこの部屋《へや》にやってくる！

のび太《た》はとっさに拾《ひろ》ったカードと一緒《いっしょ》に答案《とうあん》をクシャクシャに丸《まる》めて、ズボンの後《うし》ろポケットにねじこんだ。

「のび太《た》～？」

直後《ちょくご》、ママはのび太《た》の部屋《へや》のドアを開《あ》けて中《なか》をのぞき込《こ》む。

「はい～！」

のび太《た》はごまかすようにぴょーんと飛《と》び上《あ》がって振《ふ》り返《かえ》り、ママにさっと敬礼《けいれい》をした。

ママはのび太《た》をじっとにらむ。

どうやら答案《とうあん》を隠《かく》したところは見《み》られていなかったようだ。だったらなるべく早《はや》くここから退散《たいさん》することだ。答案《とうあん》の処理《しょり》は後《あと》で考《かんが》えればいい。

「外《そと》から帰《かえ》ったら手《て》を洗《あら》ってうがいしなさい、っていつも言《い》ってるでしょう？」

「い、今《いま》やろうと思《おも》ってたとこ」

のび太《た》は素早《すばや》くママの隣《となり》をすり抜《ぬ》け、小走《こばし》りで部屋《へや》を出《で》ていく。

が、そんなのび太《た》の不審《ふしん》な様子《ようす》を、ママは見逃《みのが》さなかった。

「怪《あや》しい……」

どうやらママも昨日《きのう》の映画《えいが》を見《み》たらしい。マヌケな刑事《けいじ》のようにアゴに手《て》を当《あ》てて、犯《はん》人《にん》を追《お》い詰《つ》めるようにゆっくりとのび太《た》の後《あと》についていった。

二人《ふたり》が去《さ》った後《あと》、部屋《へや》には静寂《せいじゃく》が戻《もど》った。

その時《とき》、ドラえもんは何《なに》をしていたのか？

正解《せいかい》は押《お》し入《い》れの中《なか》だった。ドラえもんは押《お》し入《い》れをベッドにしている。暗《くら》い押《お》し入《い》れの中《なか》に布団《ふとん》を敷《し》いて、ドラえもんはすやすやと昼寝《ひるね》をしていた。どうやらおやつのどら焼《や》きを食《た》べ過《す》ぎて、満腹《まんぷく》で眠《ねむ》くなってしまったようだ。

ドラえもんは布団《ふとん》の上《うえ》で、気持《きも》ちよさそうに寝返《ねがえ》りを打《う》った。

青《あお》い大《おお》きな頭《あたま》に大《おお》きな目《め》と真《ま》っ赤《か》な鼻《はな》、ネコを思《おも》わせるヒゲ、そして顔《かお》の半分《はんぶん》ほどの大《おお》きさの口《くち》は、今《いま》は閉《と》じられて微笑《びしょう》を浮《う》かべている。さらに寝具《しんぐ》が掛《か》けられて隠《かく》れているが、大《おお》きな顔《かお》と同《おな》じくらいの胴体《どうたい》が横《よこ》たわっていた。そんな顔《かお》と胴体《どうたい》をつなぐ首《くび》には、こちらもネコを思《おも》わせる赤《あか》い首輪《くびわ》がつけられていた。首輪《くびわ》には黄色《きいろ》の鈴《すず》が鈍《にぶ》い輝《かがや》きを放《はな》っている。どうやら少《すこ》し古《ふる》いものらしい。

ドラえもんがすうすうと寝息《ねいき》を立《た》てていると、不思議《ふしぎ》なことが起《お》こった。

ドラえもんの頭上《ずじょう》の何《なに》もない空間《くうかん》に突如《とつじょ》、ぽっかりと黒《くろ》い穴《あな》があいたのだ。それは超空《ちょうくう》間《かん》の穴《あな》だった。そこから、何者《なにもの》かの手《て》が現《あらわ》れる。機械《きかい》のようなその手《て》は、ドラえもんの方《ほう》へまっすぐに伸《の》びると、首《くび》の鈴《すず》をつかもうとした。

しかしドラえもんはちょうど横向《よこむ》きに寝《ね》ていて、鈴《すず》が取《と》りづらい位置《いち》にあった。何《なん》とか鈴《すず》に触《さわ》ろうと、機械《きかい》のような手《て》はドラえもんの首《くび》に触《ふ》れる。

「ん〜、くすぐったいヨ……」

ドラえもんはニヤニヤしながら、伸《の》びてきた機械《きかい》の手《て》を振《ふ》り払《はら》う。どうやら夢《ゆめ》を見《み》ているらしい。「んぁ〜」と小《ちい》さくあくびをして、ドラえもんは仰向《あおむ》けになった。

寝《ね》ぼけたままムニャムニャと大《おお》きな口《くち》を動《うご》かしているが、ちょうど鈴《すず》がむき出《だ》しになっている。機械《きかい》の手《て》は鈴《すず》をつまみ、そのまま首輪《くびわ》ごと引《ひ》っ張《ぱ》る。

「んぁ〜ん、ミイちゃん……そんな……」

いったいどんな夢《ゆめ》を見《み》ているのか。ドラえもんは頬《ほお》を軽《かる》く染《そ》めながら、照《て》れたようにガールフレンドのネコの名前《なまえ》を呼《よ》ぶ。ドラえもんがマヌケな顔《かお》をしている間《あいだ》に、機械《きかい》の手《て》は首輪《くびわ》から鈴《すず》をむしり取《と》った。その反動《はんどう》でシュパン！　と音《おと》がして、ゴムが戻《もど》るようにして首輪《くびわ》が首《くび》を叩《たた》く。

「んぁ……？」

さすがのドラえもんも目《め》が覚《さ》めたらしい。ぼんやりしたなかで、うっすら目《め》を開《あ》けると、ちょうど機械《きかい》のような手《て》が鈍《にぶ》く光《ひか》る鈴《すず》をつまんだまま、超空間《ちょうくうかん》の穴《あな》に消《き》えていくのが見《み》えた。同時《どうじ》に穴《あな》は跡形《あとかた》もなく消《き》え去《さ》った。

「んん～……」

今見《いまみ》えたものはなんだったんだろう？

が、少《すこ》しずつ頭《あたま》が冴《さ》えてきて、ドラえもんは確《たし》かめるように自分《じぶん》の首《くび》に手《て》を伸《の》ばす。もちろんそこに鈴《すず》はなかった。

「わ～～～～～っ！」

気《き》づいたとたん、ドラえもんはバン！　と押《お》し入《い》れのふすまをぶち抜《ぬ》いて、部屋《へや》に飛《と》び出《だ》した。

「ない、ない、ない、ない！　鈴《すず》がな～～～～いっ‼」

とても動揺《どうよう》しているのか、部屋《へや》の中《なか》を暴《あば》れ回《まわ》る。

「鈴《すず》が盗《ぬす》まれたぁ……。ど～しよ、ど～しよ、ど～しよ……！」

先《さき》ほどのび太《た》がテストを隠《かく》そうとした時《とき》と同《おな》じようにあわてながら、足踏《あしぶ》みをして部屋《へや》の中《なか》を何度《なんど》も行《い》ったり来《き》たりする。直後《ちょくご》、立《た》ち止《ど》まって大声《おおごえ》で叫《さけ》んだ。

「のび太《た》く〰〰〰んっ!!」

01 盗《ぬす》まれた鈴《すず》

「鈴《すず》が盗《ぬす》まれた〜？」

のび太《た》は不思議《ふしぎ》そうに尋《たず》ねた。その前《まえ》には興奮《こうふん》がおさまらない様子《ようす》のドラえもんがいる。

二人《ふたり》は部屋《へや》の真《ま》ん中《なか》に座《すわ》っていた。

「確《たし》かに見《み》たんだ。押《お》し入《い》れに超空間《ちょうくうかん》の穴《あな》が開《あ》いて、そこからニュ〜ッて……」

と、ドラえもんは手《て》を伸《の》ばす仕草《しぐさ》をする。

「超空間《ちょうくうかん》ってことは未来《みらい》から……？」

のび太《た》の指摘《してき》に、ドラえもんは考《かんが》え込《こ》む。

「わからない。そうかもしれない……」

「でもなんだって、あんな鈴《すず》なんかを……」

のび太《た》が呟《つぶや》くと、ドラえもんは言《い》い方《かた》が気《き》に障《さわ》ったのか、血相《けっそう》をかえる。

「鈴《すず》なんかとはなんだ！　あれはボクにとっては、大事《だいじ》な鈴《すず》なんだ！」

「だってさ、あれ壊《こわ》れてただろ？　ネコあつめ機能《きのう》が働《はたら》かないとかなんとか……」

「何年《なんねん》も前《まえ》に直《なお》したの」

じとっとのび太《た》をにらむ。

ドラえもんが言《い》うには、未来《みらい》のひみつ道具修理工場《どうぐしゅうりこうじょう》に持《も》ち込《こ》んだことがあるらしい。その時《とき》も「こんなの、新品《しんぴん》を買《か》い直《なお》した方《ほう》が安《やす》いよ！　修理《しゅうり》するとその5倍《ばい》はかかっちゃうよ！」と言《い》われたようだ。

だがドラえもんは断固《だんこ》として買《か》い直《なお》さず、修理《しゅうり》をお願《ねが》いしたようだ。どうやら大事《だいじ》な思《おも》い出《で》の鈴《すず》らしい。

それを聞《き》いたのび太《た》は、きょとんと尋《たず》ねた。

「ふ～ん、なんでそんなに大事《だいじ》なの？」

「そ、それは……」

ドラえもんは困《こま》ったように目《め》をそらす。そして、「いいだろべつに！」とごまかした。

「とりあえずさあ、何《なに》か代《か》わりのもん、つけといたら？」

のび太《た》は軽《かる》い調子《ちょうし》で言《い》って、ドラえもんのポケットに手《て》を差《さ》し入《い》れた。

「代《か》わりのもん？　……わっ、おひょ！　おひょひょひょひょひょ……！」

ポケットを探《さぐ》られてくすぐったかったのか、ドラえもんはおかしな声《こえ》でもだえる。のび太《た》はお目当《めあ》てを見《み》つけて、一《ひと》つのひみつ道具《どうぐ》を引《ひ》っ張《ぱ》り出《だ》した。

「『きせかえカメラ』～！」

それはインスタントカメラの形《かたち》をしたひみつ道具《どうぐ》で、気《き》に入《い》ったファッションのデザイン画《が》や写真《しゃしん》をカメラに入《い》れ、着《き》せたい人《ひと》に向《む》けてシャッターを押《お》すと、そのファッションに着《き》せ替《か》えることができる道具《どうぐ》だった。

のび太《た》が「はい笑《わら》って、笑《わら》って～」と言《い》いながら、ドラえもんをファインダーにおさめると、「んふ～」とドラえもんが笑《わら》って思《おも》わずポーズを取《と》る。

カシャッと乾《かわ》いたシャッター音《おん》が鳴《な》った直後《ちょくご》、ドラえもんの首元《くびもと》に大《おお》きなベルがぶら下《さ》がった。

「クリスマスの鈴《すず》～」

のび太《た》は嬉《うれ》しそうに言《い》うが、ドラえもんは浮《う》かない顔《かお》だ。

「ちょっと季節外《きせつはず》れなんじゃあ……」

「ん～、じゃあこれ！」

のび太《た》は続《つづ》けざまにシャッターを切《き》る。今度《こんど》はドラえもんの首元《くびもと》に紅白《こうはく》のしめ縄《なわ》が巻《ま》かれて、ひときわ大《おお》きな鈴《すず》がぶら下《さ》がった。

「神社《じんじゃ》の鈴《すず》〜」

のび太《た》はパンパンと柏手《かしわで》を打《う》って、目《め》を閉《と》じる。

「拝《おが》むな！」

それからのび太《た》は次々《つぎつぎ》にドラえもんの鈴《すず》に代《か》わる物《もの》を、『きせかえカメラ』で探《さが》していく。

バナナやゆで卵《たまご》、生《い》きているひよこ、さらには黄色《きいろ》いエリザベスカラーなど……。

顔半分《かおはんぶん》をバカでかい襟《えり》に覆《おお》われたドラえもんは、襟《えり》を床《ゆか》に叩《たた》きつけた。

「黄色《きいろ》けりゃいいってもんじゃないっ！　ボクはあの鈴《すず》じゃなきゃイヤなの〜っ！　絶対《ぜったい》ヤダヤダヤダヤダ〜ッ！」

ドラえもんは地団駄《じだんだ》を踏《ふ》んで、その場《ば》で寝転《ねころ》がって手足《てあし》をジタバタさせる。まるでデパートで「おもちゃを買《か》って！」と、駄々《だだ》をこねている子《こ》どものようだ。しかし、その直後《ちょくご》、ドラえもんの様子《ようす》が少《すこ》し変《か》わった。

「ああ〜〜〜っ、もぉ〜〜〜っ、ふぬ〜〜〜っ！」

ネコのように床《ゆか》をひっかき始《はじ》め、器用《きよう》に足《あし》で首《くび》を掻《か》き始《はじ》めた。

「ド、ドラえもん？　何《なに》ネコみたいになってるの……？」

のび太《た》は呆《あき》れたように見《み》つめる。

とその時《とき》、もともとの頼《たの》み事《ごと》を思《おも》い出《だ》した。

「あ、そうだ！　ねえドラえもん、探偵《たんてい》になれる道具《どうぐ》とかないの？　それが聞《き》きたくて急《いそ》いで帰《かえ》ってきたんだよ～」

のび太《た》はものすごい勢《いきお》いで首《くび》を掻《か》いているドラえもんの足《あし》をスッとつかむ。するとドラえもんはふと我《われ》に返《かえ》ったのか、きょとんとのび太《た》を振《ふ》り返《かえ》った。

「あるよ」

しれっと言《い》うと、ドラえもんはすぐさまポケットに手《て》を差《さ》し入《い》れる。

「『シャーロック・ホームズセット』～！」

ポケットから出《で》てきたひみつ道具《どうぐ》は、まさにのび太《た》の理想《りそう》だった。鹿撃《しかう》ち帽《ぼう》に短《みじか》いケープのついたインバネスコートにステッキと、シャーロック・ホームズの服《ふく》そのものだ。

「うわ～すごい！　映画《えいが》で見《み》たのとおんなじだぁ！」

「これを使《つか》うと、誰《だれ》でも名探偵《めいたんてい》になれるんだよ」

のび太《た》はセットをすべて身《み》につけると、「うは～っ！」と嬉《うれ》しそうにくるりと回《まわ》って、ステッキを高々《たかだか》とかかげる。

「名探偵《めいたんてい》のび太《た》！　カッコいい～っ！」

「よしっ、ボクの鈴《すず》を盗《ぬす》んだ犯人《はんにん》を捜《さが》そう！」

ドラえもんは気合《きあ》いを入《い》れて、のび太《た》の腰《こし》のポケットに手《て》を突《つ》っ込《こ》む。そこから取《と》り出《だ》したのはパイプ型《がた》のひみつ道具《どうぐ》だった。

「『ズバリパイプ』！　このパイプを吹《ふ》くと風船《ふうせん》が出《で》て、犯人《はんにん》の頭《あたま》の上《うえ》で割《わ》れるんだ」

のび太《た》はパイプをくわえて吹《ふ》いてみるが、一向《いっこう》に反応《はんのう》がない。そこでもう一度《いちど》、思《おも》いっきり息《いき》を吸《す》って、力一杯《ちからいっぱい》吹《ふ》き込《こ》む――が、パイプの先《さき》から小《ちい》さな風船《ふうせん》が出《で》たり引《ひ》っ込《こ》んだりするだけで、風船《ふうせん》が出《で》てくる気配《けはい》はない。

「プハッ！」

たまらずのび太《た》は口《くち》を離《はな》して、ゼーハーと息《いき》を整《ととの》える。

その様子《ようす》を見《み》たドラえもんが「おかしいなぁ……」とパイプの中《なか》をのぞき込《こ》むと、

「あ、詰《つ》まってる」としれっと告《つ》げた。

ずっこけるのび太《た》を尻目《しりめ》に、ドラえもんはめげなかった。次《つぎ》に試《ため》すのは、のび太《た》が持《も》っているステッキだ。

「これは『レーダーステッキ』。犯人《はんにん》がいる方向《ほうこう》へ倒《たお》れるんだ」

のび太《た》はステッキを床《ゆか》に立《た》て、バランスを取《と》る。

「よし、犯人《はんにん》は……どっちだ」

のび太《た》が手《て》を離《はな》すと、ステッキの先《さき》がふらふらと回《まわ》り出《だ》した。しかし一向《いっこう》に倒《たお》れる気配《けはい》はない。

「ん～？　倒《たお》れないな」

「倒《たお》れないね」

二人《ふたり》は腕組《うでぐ》みして、じーっとステッキの先《さき》を見《み》つめる。と、のび太《た》は見《み》つめすぎて目《め》が回《まわ》ったのか、フラッと後《うし》ろに――。

「倒《たお》れた」

倒《たお》れたのは、ステッキではなくのび太《た》だった。

ドラえもんはあきらめたようにステッキを手《て》にする。

「バーゲンで買《か》った安物《やすもの》だから調子《ちょうし》悪《わる》いみたいだなあ……。次《つぎ》は『推理《すいり》ぼう』」

と、起《お》き上《あ》がったのび太《た》のかぶっている帽子《ぼうし》を指《さ》す。

「つばをはじくと、頭《あたま》の回転《かいてん》が良《よ》くなって、推理《すいり》が冴《さ》えるんだ」

「よーし、今度《こんど》こそ！」

のび太《た》は帽子《ぼうし》のつばをピーンと指《ゆび》で弾《はじ》いた。

「のびビーン！」

突如《とつじょ》頭《あたま》が冴《さ》え渡《わた》ったのか、のび太《た》はくるりと回《まわ》って手《て》を広《ひろ》げてジャンプする。ステッキをかかげると、「ひらめいた！」と叫《さけ》んだ。

「犯人《はんにん》は怪盗《かいとう》ＤＸ《デラックス》だ！」

「怪盗《かいとう》ＤＸ《デラックス》!?　……って誰《だれ》？」

ドラえもんが尋《たず》ねるが、のび太《た》は首《くび》をひねる。

「……？　わかんない」

「名前《なまえ》だけか～っ」

ドラえもんはガクッと肩《かた》を落《お》とすと頭《あたま》をクシャクシャと掻《か》いた。

「でもさ、怪盗《かいとう》に盗《と》られるなんてすごいね！　どうしよう、ルパンみたいな大泥棒《おおどろぼう》かも～」

のび太《た》は不謹慎《ふきんしん》ながらワクワクして言《い》った。

「探偵《たんてい》には先入観《せんにゅうかん》は禁物《きんもつ》だぞ」

ドラえもんはじとっとのび太《た》を見《み》つめる。

「そう？」

「初歩的《しょほてき》なことだよ、ホームズくん」

と得意《とくい》げに言《い》い放《はな》つ。正確《せいかく》には『初歩的《しょほてき》なことだよ、ワトソンくん』だが、これはかつてアメリカの舞台俳優《ぶたいはいゆう》ウィリアム・ジレットが、シャーロック・ホームズを演《えん》じた時《とき》に言《い》った名《めい》ゼリフだ。

ドラえもんは、さらに手《て》がかりをたどっていく。

「最後《さいご》は『手《て》がかりレンズ』。のぞくと手《て》がかりになる絵《え》が浮《う》かぶんだ」

のび太《た》とドラえもんは、虫眼鏡《むしめがね》のようなそのひみつ道具《どうぐ》をのぞき込《こ》む。すると、その丸《まる》いレンズに次第《しだい》に何《なに》かが浮《う》かび上《あ》がってきた。

「あ、なんか出《で》てきた!」

「んん……!?　ここは……!」

どうやらドラえもんは浮《う》かび上《あ》がったものの正体《しょうたい》に気《き》づいたらしい。

「なになに?」

「ここは二十二《にじゅうに》世紀《せいき》にある、ひみつ道具博物館《どうぐミュージアム》だ!」

「ひみつ道具博物館《どうぐミュージアム》!?」

「ボクのポケットの中《なか》にはたくさんのひみつ道具《どうぐ》があるだろ?　そういう道具《どうぐ》の初期《しょき》の型《かた》

から最新《さいしん》の型《かた》まで、今《いま》までに商品化《しょうひんか》されたすべてのひみつ道具《どうぐ》がそろっている、すっごい博物館《はくぶつかん》なんだ」

ドラえもんが説明《せつめい》する。ミュージアム、とは博物館《はくぶつかん》の意味《いみ》らしい。

「そこにドラえもんの鈴《すず》があるってこと？」

「『手《て》がかりレンズ』が壊《こわ》れていなければ、そういうことになる。たしかドラミが招待状《しょうたいじょう》を持《も》ってるって言《い》ってた」

そう告《つ》げるとドラえもんはポケットから『タイム電話《でんわ》』を出《だ》して、二十二世紀《にじゅうにせいき》で暮《く》らす妹《いもうと》のドラミに電話《でんわ》をかけ始《はじ》めた。

＊　＊　＊

「わざわざそんなところまで行《い》かなくても、新《あたら》しいのを未来《みらい》デパートで買《か》ってきてあげるわよ」

未来《みらい》からのび太《た》の家《いえ》に呼《よ》び出《だ》されたドラミが、ショートケーキにのっているイチゴをはむっと口《くち》に入《い》れる。招待状《しょうたいじょう》をもらうため、ドラえもんとのび太《た》はケーキでドラミをおもてなしていた。

ドラミの言葉《ことば》に、ドラえもんは大《おお》きく首《くび》を振《ふ》る。

「ダメダメッ！　ボクはあの鈴《すず》でなきゃイヤなの！　ゼッタイ！」

「なんでそんなにその鈴《すず》にこだわるのよ」

と、ドラミは続《つづ》いてケーキのスポンジ部分《ぶぶん》を口《くち》に運《はこ》んだ。

「そ、それは……」

ドラえもんはのび太《た》をチラリと見《み》ながら、恥《は》ずかしそうに口《くち》ごもる。

「べつに！　いいだろ、そんなこと！」

プイッとそっぽを向《む》いたドラえもんに、ドラミはあきれたように息《いき》をついた。

「しょうがないわね。とりあえずそれじゃしまらないから……」

そう言《い》ってポケットに手《て》を突《つ》っ込《こ》んで、レモンを取《と》り出《だ》し、ドラえもんの首《くび》につける。

「レ、レモン……？　だから黄色《きいろ》けりゃいいってもんじゃあ……」

ブツブツつぶやくドラえもんに向《む》かって、ドラミは小《ちい》さな紙《かみ》を差《さ》し出《だ》した。

「はい、これ招待状《しょうたいじょう》」

それを聞《き》いたとたん、ドラえもんはパッと笑顔《えがお》になって飛《と》びつく——が、ドラミが招待《しょうたい》状《じょう》を引《ひ》っ込《こ》める方《ほう》が少《すこ》し早《はや》かった。その弾《はず》みでドラえもんはショートケーキに顔《かお》から突《つ》っ込《こ》んでしまう。

「これ、取《と》るのすっごく大変《たいへん》だったのよ。タダじゃあげられないわ」

ドラミは招待状《しょうたいじょう》をひらひらと振《ふ》りながら、ドラえもんの次《つぎ》の出方《でかた》を待《ま》つ。顔《かお》についたショートケーキをペロリと舌《した》でぬぐったドラえもんは、グッと前《まえ》へ乗《の》り出《だ》した。

「わかった、メロンパン十個《じっこ》、今度持《こんども》ってくから」

メロンパンはドラミの大好物《だいこうぶつ》なのだ。

しかしドラミの方《ほう》が交渉上手《こうしょうじょうず》だった。

「二十個《にじっこ》」

笑顔《えがお》でさらりと倍《ばい》の条件《じょうけん》を提示《ていじ》する。

「！　に、二十個《にじっこ》……」

ドラえもんは一瞬《いっしゅん》たじろぐが、やがてあきらめたようにこうべを垂《た》れた。

「……持《も》っていきます」

それを聞《き》いたドラミは満面《まんめん》の笑《え》みで「はい」と招待状《しょうたいじょう》を差《さ》し出《だ》した。

「ありがとう！」

ドラえもんが受《う》け取《と》った招待状《しょうたいじょう》には、『ひみつ道具博物館《どうぐミュージアム》 招待状《しょうたいじょう》』と、隅《すみ》っこに『S《エス》G《ジー》M《エム》』と書《か》かれていた。『Secret《シークレット》（ひみつ）Gadget《ガジェット》（道具《どうぐ》）Museum《ミュージアム》（博物館《はくぶつかん》）』の頭文《かしらも》字《じ》だ。

「それ一枚《いちまい》で五人《ごにん》まで入《はい》れるわよ」

「え？　じゃあドラミちゃんも一緒《いっしょ》に……」

のび太《た》が誘《さそ》うが、ドラミちゃんはフォークを皿《さら》に置《お》いて手《て》でバッテンを作《つく》る。

「今日《きょう》はダメ！　夕方《ゆうがた》、メロンパンの特売《とくばい》があるの」

ドラミは本当《ほんとう》にメロンパンが好《す》きなようだ。

「じゃあしずかちゃんを誘《さそ》おうよ！　ドラえもん、『どこでもドア』を出《だ》して！」

言《い》うや否《いな》や、のび太《た》は立《た》ち上《あ》がって「早《はや》く早《はや》く！」と急《せ》かす。ドラえもんはポケットから『どこでもドア』を取《と》り出《だ》した。ドア型《がた》のひみつ道具《どうぐ》で、ドアを開《ひら》けばどこにでも行《い》けるという便利《べんり》な道具《どうぐ》だ。

のび太《た》はドラえもんから招待状《しょうたいじょう》を取《と》ると、『どこでもドア』を開《ひら》いた。

「しずかちゃ～ん！」

目的地《もくてきち》はしずかがいる場所《ばしょ》、すなわち空《あ》き地《ち》だった——が、そこにいたのはしずかだけではなかった。空《あ》き地《ち》の土管《どかん》の上《うえ》からジャイアンとスネ夫《お》が振《ふ》り返《かえ》ってのび太《た》を見《み》やる。

「おう、のび太《た》、何持《なにも》ってんだ?」

「なんだよ、そのカッコ」

二人《ふたり》はバカにして笑《わら》う。のび太《た》はその一瞬《いっしゅん》で察《さっ》した。今《いま》までの経緯《けいい》をすべて話《はな》したうえで、しずかだけをひみつ道具博物館《どうぐミュージアム》に誘《さそ》うことは不可能《ふかのう》だろうな、と。

02 ひみつ道具博物館《どうぐミュージアム》へ！

空《あ》き地《ち》に生《は》えている木《き》の葉《は》のすきまから、日《ひ》が差《さ》し込《こ》んでいる。

のび太《た》は、ドラえもんの鈴《すず》が盗《ぬす》まれた事情《じじょう》をしずかたちに話《はな》した。

「まあ、そんなことが……」

「そういうことなら、オレたちも手《て》を貸《か》さないわけにはいかないぜ。なあ、スネ夫《お》！」

と、ジャイアンはスネ夫《お》の肩《かた》に腕《うで》を掛《か》ける。

「そそそ、みんなで博物館《ミュージアム》に行《い》って鈴《すず》を捜《さが》しましょ～！」

スネ夫《お》も嬉《うれ》しそうに親指《おやゆび》を立《た》てる。

「博物館《ミュージアム》に行《い》きたいだけって感《かん》じがするけど……」

ドラえもんはいぶかしげに目《め》をそらすが、

「そんなことナイ、ナイ」

二人《ふたり》はわざとらしく手《て》を振《ふ》る。なおも不信感《ふしんかん》をぬぐえないドラえもんにしずかが近《ちか》づいて、首元《くびもと》のレモンをそっと撫《な》でる。

「でもやっぱりいつもの鈴《すず》じゃないと落《お》ち着《つ》かないわね……。鈴捜《すずさが》し手伝《てつだ》うわ、ドラちゃん」

しずかがドラえもんの目《め》を見《み》つめて告《つ》げると、ドラえもんは嬉《うれ》しそうに顔《かお》をほころばせた。

「ありがとう。しずかちゃんは優《やさ》しいなあ」

その様子《ようす》を見《み》ていたジャイアンとスネ夫《お》はこそこそと話《はな》す。

「なんで？　言《い》ってること同《おな》じなのに」

「ねえ」

それこそ日頃《ひごろ》のおこないというやつだろう。

ドラえもんはみんなを振《ふ》り返《かえ》ると、スッと手《て》を挙《あ》げた。

「一《ひと》つ、なぜボクの鈴《すず》が盗《ぬす》まれたのか。二《ふた》つ、どうしてそれが博物館《ミュージアム》にあるのか。三《みっ》つ、怪盗《かいとう》DX《デラックス》とは何者《なにもの》か……」

順番《じゅんばん》に今《いま》までのことを丁寧《ていねい》に整理《せいり》していく。

「その謎《なぞ》を解《と》く鍵《かぎ》は、ひみつ道具博物館《どうぐミュージアム》にある！　博物館《ミュージアム》へ出発《しゅっぱつ》だ！」

ドラえもんのかけ声《ごえ》に、のび太《た》たち四人《よにん》も「お〜っ！」と拳《こぶし》をかかげる。

しかし――、

「……で、どうすれば行《い》けるの？」

ドラえもんの発《はっ》した言葉《ことば》に、のび太《た》たちはズコーッとずっこけた。

今《いま》まで土管《どかん》に座《すわ》っていたドラミがトントンと下《お》りてきて、ドラえもんの持《も》っている招待《しょうたい》状《じょう》を指《さ》す。

「招待状《しょうたいじょう》にサインしてみて」

「サイン？」

ドラえもんはポケットからペンを取《と》り出《だ》して、招待状《しょうたいじょう》に『ドラえもん』と書《か》いた。

その直後《ちょくご》、招待状《しょうたいじょう》が光《ひか》り始《はじ》めた。

「わあ〜っ！」

一同《いちどう》が驚《おどろ》いている間《あいだ》に、光《ひか》る招待状《しょうたいじょう》から空中《くうちゅう》に向《む》かって金色《きんいろ》に光《ひか》る数字《すうじ》が浮《う》かび上《あ》がり、列《れつ》になって上昇《じょうしょう》していく。数字《すうじ》は「0」と「1」だけだ。「0」と「1」の膨大《ぼうだい》な数列《すうれつ》はうねうねと空中《くうちゅう》をさまようと、空《あ》き地《ち》の真《ま》ん中《なか》あたりの地面《じめん》で車《くるま》のような形《かたち》を作《つく》り始《はじ》めた。

やがて、それは実体化《じったいか》して、大《おお》きな車《くるま》が現《あらわ》れた。

「わあ〜！」

四人《よにん》が駆《か》け寄《よ》る。スネ夫《お》が叫《さけ》んだ。

「招待状《しょうたいじょう》が車《くるま》になっちゃった！」

「カッコいい〜！　ね、ドラえもん！」

のび太《た》はドラえもんを振《ふ》り返《かえ》る。と、ドラえもんはなぜか四《よ》つん這《ば》いでピョンピョンとその場《ば》でジャンプしていた。

「ド、ドラえもん!?」

驚《おどろ》いてドラえもんに声《こえ》をかけるが、ドラえもんはジャンプを続《つづ》けたままだ。のび太《た》は隣《となり》のドラミにこそっとつぶやく。

「ドラミちゃん、さっきからちょっとドラえもんが変《へん》なんだけど。なんかネコみたいな……」

「う〜ん、あれはね、ノラネコ化《か》してるのよ」

「は？　ノラネコ？」

見《み》ているとドラえもんは落《お》ち着《つ》こうと体《からだ》を舐《な》め始《はじ》めている。

「鈴《すず》を外《はず》しっぱなしにしてるとね、ネコ化《か》しちゃうのよ」

「ええ～⁉　うそ～⁉」

のび太《た》は驚《おどろ》いてドラえもんを見《み》る。少《すこ》し落《お》ち着《つ》いたのか、いつものドラえもんに戻《もど》ってきたようだ。

「なんでもいいから鈴《すず》をつければおさまるのに、あの鈴《すず》じゃなきゃイヤだなんて、一体何《いったいなに》をこだわってるのかしら……？」

「う～ん、あの鈴《すず》ねえ……。何《なに》かあったかなあ……」

のび太《た》は何《なに》か思《おも》い出《だ》そうと考《かんが》える。と、そこへ声《こえ》を掛《か》けられた。

「おいのび太《た》！　何《なに》やってんだ、早《はや》く乗《の》れ！」

見《み》ると、ジャイアンが車《くるま》の後部座席《こうぶざせき》から叫《さけ》んでいた。いつのまにかスネ夫《お》としずか、さらにはドラえもんまですでに車《くるま》に乗《の》っている。

「あ、うん」

のび太《た》はあわてて車《くるま》に乗《の》り込《こ》み、ドラえもんの隣《となり》の助手席《じょしゅせき》に座《すわ》る。

同時《どうじ》に車《くるま》の前方《ぜんぽう》パネルが光《ひか》り始《はじ》め、計器《けいき》が表示《ひょうじ》された。

『博物館《ミュージアム》行《い》き送迎車《そうげいしゃ》、出発《しゅっぱつ》します』

「おお～っ」

ジャイアンたちが驚《おどろ》いたのもつかの間《ま》、送迎車《そうげいしゃ》はゆっくりと上昇《じょうしょう》を始《はじ》めた。

「危《あぶ》ないからちゃんと座《すわ》ってて」

ドラえもんが注意《ちゅうい》しながらも、車《くるま》は空《そら》へ浮《う》かんでいく。ドラミが「いってらっしゃ〜い」と眼下《がんか》から手《て》を振《ふ》った。

「メロンパン、よろしくね〜」

ドラミがそう言《い》った直後《ちょくご》、車《くるま》は弾《はず》みをつけて急発進《きゅうはっしん》した。ものすごいスピードで空《そら》を進《すす》んでいく。

「うわあああっ！」

一同《いちどう》の叫《さけ》び声《ごえ》が空《そら》に響《ひび》くなか、車《くるま》の道案内《みちあんない》が作動《さどう》した。

『超空間《ちょうくうかん》へ突入《とつにゅう》します』

一同《いちどう》の目《め》の前《まえ》の空間《くうかん》にぽっかりと穴《あな》があく。その穴《あな》に向《む》かって車《くるま》は突《つ》き進《すす》み、中《なか》へ飛《と》びこんだ。

車《くるま》は超空間《ちょうくうかん》の中《なか》を進《すす》んでいく。『タイムマシン』に乗《の》った時《とき》と同《おな》じ風景《ふうけい》ということは、時《とき》間を超《こ》えているのだろう。

ということはこの先《さき》は――。

そうのび太《た》が考《かんが》えている間《あいだ》に、車《くるま》は超空間《ちょうくうかん》から飛《と》び出《だ》した。

空《そら》をゆっくりと進《すす》む車《くるま》の下《した》には、都会《とかい》の景色《けしき》が広《ひろ》がっていた。しかし現代《げんだい》の街《まち》とはビルや車《くるま》の姿形《すがたかたち》がまったく違《ちが》う。

「二十二世紀《にじゅうにせいき》だ〜っ！」

二十二世紀《にじゅうにせいき》の街《まち》はうっすらと明《あか》るく、空《そら》にはのび太《た》たちの送迎車《そうげいしゃ》の他《ほか》にも、たくさんの車《くるま》が飛《と》び回《まわ》っていた。楽《たの》しそうに眺《なが》めていると、車《くるま》から再《ふたた》び案内《あんない》の声《こえ》が聞《き》こえた。

『皆《みな》さま、前方《ぜんぽう》をご覧《らん》ください』

声《こえ》に従《したが》って見《み》ると、都会《とかい》に面《めん》した海《うみ》の中《なか》に小《ちい》さな島《しま》が見《み》えた。島《しま》と都会《とかい》とは一本《いっぽん》の道路《どうろ》でつながっている。

「うわ、なんだあれ」

スネ夫《お》の声《こえ》に応《こた》えるように、道案内《みちあんない》が話《はな》し始《はじ》める。

『あの島《しま》の頂上《ちょうじょう》に浮《う》いているのが、ひみつ道具博物館《どうぐミュージアム》です。あの島《しま》には、世界中《せかいじゅう》から集《あつ》まってきた道具職人《どうぐしょくにん》たちが住《す》んでいます』

確《たし》かに島《しま》の上《うえ》で空中《くうちゅう》に浮《う》かんでいる浮《う》き島《しま》が見《み》える。あれが博物館《ミュージアム》のようだ。

送迎車《そうげいしゃ》はまっすぐに空《そら》を飛《と》んで、島《しま》の上空《じょうくう》にたどり着《つ》いた。島《しま》には小《ちい》さな町《まち》があって、豊《ゆた》かな緑《みどり》の中《なか》に家々《いえいえ》が建《た》ち並《なら》んでいた。

『島《しま》には、ここでしか手《て》に入《はい》らないような材料《ざいりょう》や機械《きかい》もすべてそろっており、職人《しょくにん》たちは皆《みな》、博物館《ミュージアム》に飾《かざ》られる素晴《すば》らしい道具《どうぐ》を作《つく》ろうと、日夜研究《にちやけんきゅう》に励《はげ》んでいるのです』

送迎車《そうげいしゃ》は町《まち》の上空《じょうくう》を通《とお》り過《す》ぎて、ひみつ道具博物館《どうぐミュージアム》へまっすぐに進《すす》んでいった。森《もり》を抜《ぬ》け浮《う》き島《しま》に向《む》かうと、目《め》の前《まえ》に巨大《きょだい》な建物《たてもの》が見《み》えてくる。アーチ型《がた》の門《もん》を過《す》ぎると、真《ま》ん中《なか》に噴水《ふんすい》がある広《ひろ》い中庭《なかにわ》が広《ひろ》がっていた。本館《ほんかん》はお城《しろ》のように大《おお》きく、どっしりとした荘《そう》厳《ごん》なたたずまいは、どこか歴史《れきし》を感《かん》じさせた。

送迎車《そうげいしゃ》はゆっくりと中庭《なかにわ》に着陸《ちゃくりく》する。車《くるま》から降《お》りたのび太《た》たちは、目《め》の前《まえ》の大《おお》きな建物《たてもの》を見上《みあ》げる。

すると、送迎車《そうげいしゃ》がキラリと光《ひか》って、瞬時《しゅんじ》に元《もと》の招待状《しょうたいじょう》に戻《もど》った。

ひらひらと宙《ちゅう》を舞《ま》う招待状《しょうたいじょう》に、ドラえもんは急《きゅう》にネコ化《か》して飛《と》びつく。のび太《た》が「ド、ドラえも～ん」と焦《あせ》って止《と》めようとするが、ドラえもんはジャンプをやめない。

その時《とき》、博物館《ミュージアム》の正面《しょうめん》の方《ほう》から、「クルト！」と声《こえ》が聞《き》こえてきた。

我《われ》に返《かえ》ったドラえもんを筆頭《ひっとう》に、こっそり柱《はしら》の陰《かげ》からのぞき込《こ》むと、ヒゲを生《は》やした長《ちょう》身《しん》の男性《だんせい》と、茶髪《ちゃぱつ》の少年《しょうねん》が何《なに》やら話《はな》していた。どうやら少年《しょうねん》は男性《だんせい》に怒《おこ》られているらしい。

「あ～、館長《かんちょう》、ど～も……」

「ど～もじゃない！　ガイドの仕事《しごと》をさぼって一体《いったい》どこをほっつき歩《ある》いてたんだ！」

「いや～それはその……」

少年《しょうねん》は困《こま》ったように頭《あたま》を掻《か》く。どうやらこの少年《しょうねん》がクルトのようだ。

クルトは何《なに》か思《おも》いついたのか、館長《かんちょう》と呼《よ》ばれた男性《だんせい》に向《む》かって、大《おお》きく両手《りょうて》を振《ふ》る。

「そんなことより館長《かんちょう》！　新《あたら》しいひみつ道具《どうぐ》ができたんです！」

「ん～？　どうせまたへっぽこ道具《どうぐ》なんじゃないのか～？」

館長《かんちょう》は疑《うたが》い深《ぶか》い目《め》で見《み》つめるが、クルトはぶんぶんと首《くび》を横《よこ》に振《ふ》った。

「今度《こんど》のはすごいんです！　自信《じしん》を持《も》って博物館《ミュージアム》に推薦《すいせん》できる――」

クルトは腰元《こしもと》から、バッと何《なに》かを取《と》り出《だ》す。

「――『クルクック』です！」

それはブーツの形《かたち》をしたひみつ道具《どうぐ》だった。つま先《さき》の部分《ぶぶん》に鳩《はと》の顔《かお》のようなものがついている。

「『クルクック』～？」

「飛《と》べと言《い》うだけで、飛行機《ひこうき》のように速《はや》く空《そら》を飛《と》べる道具《どうぐ》です。さあ履《は》いて、履《は》いて！」

と、クルトはひざまずいて、手早《てばや》く館長《かんちょう》に『クルクック』を履《は》かせる。

「さあどうぞ！」

クルトが立《た》ち上《あ》がって見《み》つめるなか、館長《かんちょう》は疑《うたが》いの気持《きも》ちを持《も》ったまま、「ンンッ」と咳払《せきばら》いした。

「それでは……飛《と》べ！」

直後《ちょくご》、『クルクック』の目《め》がギラリと輝《かがや》いて、靴《くつ》の横《よこ》についている羽《はね》をバタバタと激《はげ》しく動《うご》かし始《はじ》めた。そして館長《かんちょう》の両足《りょうあし》が浮《う》いたと思《おも》ったとたん、左右《さゆう》の『クルクック』は好《す》き勝手《かって》に飛《と》び始《はじ》める。

「うわ〜〜〜っ！」

驚《おどろ》いたのは館長《かんちょう》だ。右足《みぎあし》と左足《ひだりあし》がそれぞれ右《みぎ》と左《ひだり》に向《む》かって飛《と》んでいこうとする。股裂《またさ》きのような形《かたち》になって、上下《じょうげ》もひっくり返《かえ》って、とんでもない形《かたち》で浮《う》き上《あ》がり、その場《ば》でぐるぐると回《まわ》り始《はじ》めた。

「あ〜っ！　と、止《と》まれ！　止《と》まれ！」

クルトがあわてて声《こえ》をかけるが、『クルクック』は止《と》まることなく、勢《いきお》いそのままに館《かん》長《ちょう》の足《あし》から離《はな》れて、どこかへ飛《と》び去《さ》っていった。

頭《あたま》から落《お》ちて倒《たお》れている館長《かんちょう》に、クルトはすがりついた。

「だ、だ、大丈夫《だいじょうぶ》ですか館長《かんちょう》！」

「アハハハハ！」と笑《わら》い声《ごえ》が聞《き》こえてきた。

それは柱《はしら》の陰《かげ》からのぞいていた、ドラえもんたちの声《こえ》だった。クルトと館長《かんちょう》のやりとりをこっそり見《み》ていたのだが、あまりの滑稽《こっけい》さに笑《わら》いをこらえきれなくなってしまったらしい。

館長《かんちょう》は起《お》き上《あ》がって拳《こぶし》をかかげる。

「わ、笑《わら》うな！　なんだ君《きみ》たちは……！」

その時《とき》、館長《かんちょう》はドラえもんが手《て》にしている招待状《しょうたいじょう》に気《き》づいた。

「あ……招待状《しょうたいじょう》」

すぐさま館長《かんちょう》は立《た》ち上《あ》がり、さっと身《み》なりを整《ととの》えて営業《えいぎょう》スマイルを五人《ごにん》に向《む》ける。

「いやいや、お客様《きゃくさま》でしたか。失礼《しつれい》いたしました〜。ワタクシ、館長《かんちょう》のフィークスと申《もう》します。ようこそ、ひみつ道具博物館《どうぐミュージアム》へ」

もみ手《で》をしながら館長《かんちょう》は近《ちか》づいてきて、「では招待状《しょうたいじょう》を拝見《はいけん》」と、ドラえもんから招待《しょうたい》状《じょう》を受《う》け取《と》った。

「え～、ドラえもん様《さま》ですね」

「はい」

名前《なまえ》を確認《かくにん》すると、館長《かんちょう》はドラえもんに招待状《しょうたいじょう》を返《かえ》しながら、クルトを振《ふ》り返《かえ》った。

「クルト、皆《みな》さんをご案内《あんない》して差《さ》し上《あ》げなさい」

「ええ？　でも『クルクック』を捜《さが》しに行《い》かないと……」

すると館長《かんちょう》ことフィークスは、困《こま》ったような声《こえ》を上《あ》げるクルトに詰《つ》めよる。

「あんなへっぽこ道具《どうぐ》、どうだっていい！　お前《まえ》の道具《どうぐ》が博物館《ミュージアム》に飾《かざ》られる日《ひ》なんぞ、天《てん》地《ち》がひっくり返《かえ》ったって来《き》やしないんだ！　あきらめてガイドの仕事《しごと》に専念《せんねん》しろ！」

厳《きび》しい口調《くちょう》で告《つ》げられ、クルトは「うう…」と口《くち》をとがらせる。

「ガイドの制服《せいふく》は？」

そう言《い》われて、クルトはあわてて上着《うわぎ》を脱《ぬ》いで腰《こし》のポーチにしまい込《こ》む。そして代《か》わりに緑《みどり》と白《しろ》のベストを着込《きこ》むと、ドラえもんたちの方《ほう》を向《む》いた。

「ア、アルバイトでガイドをしてますクルト・ハルトマンです。ど～も」

と、少《すこ》し照《て》れたように告《つ》げた。のび太《た》やしずか、スネ夫《お》、ジャイアンが続《つづ》けて自己紹介《じこしょうかい》すると、ドラえもんは本来《ほんらい》の目的《もくてき》をフィークス館長《かんちょう》に話《はな》し始《はじ》めた。

「あの～館長《かんちょう》、実《じつ》はボクたちは博物館《ミュージアム》に捜《さが》し物《もの》をしに来《き》たんです」

「捜《さが》し物《もの》？」

「ボクの鈴《すず》が何者《なにもの》かに盗《ぬす》まれて、それでこの『シャーロック・ホームズセット』で捜査《そうさ》したところ、怪盗《かいとう》ＤＸ《デラックス》という名前《なまえ》が挙《あ》がったんです」

「！……か、怪盗《かいとう》ＤＸ《デラックス》⁉」

クルトと館長《かんちょう》が同時《どうじ》に驚《おどろ》く。その驚《おどろ》きようは、明《あき》らかに怪盗《かいとう》ＤＸ《デラックス》という名《な》に聞《き》き覚《おぼ》えがある反応《はんのう》だった。

「知《し》ってるんですか？」

「知《し》ってるも何《なに》も……先日《せんじつ》この博物館《ミュージアム》が怪盗《かいとう》ＤＸ《デラックス》にやられたばかりなんです」

館長《かんちょう》の言葉《ことば》に、今度《こんど》はドラえもんたちが驚《おどろ》く。

「ええっ⁉」

「ライト館《かん》に飾《かざ》ってあった『ビッグライト』を盗《と》られたんだ！」

クルトが興奮《こうふん》した様子《ようす》で前《まえ》へ進《すす》み出《で》る。

「すごかったんだよ。大勢《おおぜい》の警官《けいかん》をバッタバッタとなぎ倒《たお》し、目《め》にもとまらぬ速《はや》さでひょいひょいひょいと。いや～、カッコよかったのなんのって……あ……」

激《はげ》しく身振《みぶ》り手振《てぶ》りを交《まじ》えて説明《せつめい》していたクルトだったが、館長《かんちょう》の冷《つめ》たい視線《しせん》と「ンンッ！」という咳払《せきばら》いに気《き》づいたのか、「やば……」と口《くち》を押《お》さえて横《よこ》を向《む》く。

「どうして『ビッグライト』が盗《と》られたの？」

スネ夫《お》が尋《たず》ねる。

「それがわからないんです。調査中《ちょうさちゅう》でして……」

館長《かんちょう》が困《こま》ったように言《い》うと、しずかが考《かんが》え込《こ》んだ。

「『ビッグライト』と鈴《すず》……、とくに共通点《きょうつうてん》はないわよねえ」

「でも、博物館《ミュージアム》とDX《デラックス》にはつながりが出《で》てきたね」

ドラえもんの言葉《ことば》にのび太《た》は小《ちい》さくうなずいた。

「あの、『手《て》がかりレンズ』で、ここに鈴《すず》があるって出《で》たんだけど……」

そう言《い》って、のび太《た》は『手《て》がかりレンズ』を見《み》せた。

「ふ〜む、外部《がいぶ》から出入《でい》りした者《もの》はすべてコンピューターでチェックしているし、異常《いじょう》があればわかるはずなんだが……」

館長《かんちょう》はアゴに手《て》を当《あ》てて考《かんが》えると、決心《けっしん》したように顔《かお》を上《あ》げる。

「よし、警備《けいび》システムを確認《かくにん》してきましょう。皆《みな》さんはせっかく来《こ》られたんですから、鈴《すず》を捜《さが》すついでに博物館《ミュージアム》も楽《たの》しんでいってください」

そう告《つ》げると、館長《かんちょう》は外《そと》に向《む》かう階段《かいだん》を下《お》りていった。どうやら警備《けいび》システムは建物《たてもの》の外《そと》にあるらしい。

残《のこ》されたドラえもんたちは、クルトの案内《あんない》で博物館《ミュージアム》の入《い》り口《ぐち》である大《おお》きな扉《とびら》の前《まえ》に立《た》った。

03

案内人《あんないにん》クルト

プシューと音《おと》を立《た》てて、博物館《ミュージアム》の大《おお》きな扉《とびら》が左右《さゆう》に開《ひら》いていく。

「さあ、入《はい》って入《はい》って」

クルトに促《うなが》されて中《なか》へ入《はい》ると、五人《ごにん》は思《おも》わず声《こえ》を上《あ》げた。

「わあ……」

そこは天井《てんじょう》が高《たか》く、とてつもなく広《ひろ》い空間《くうかん》だった。

何《なに》よりも驚《おどろ》いたのは、目《め》の前《まえ》にある『どこでもドア』だ。ただ、普段見《ふだんみ》ている『どこでもドア』とは違《ちが》う。のび太《た》の家《いえ》よりも大《おお》きな『どこでもドア』はドアというよりも巨大《きょだい》な壁《かべ》に近《ちか》い。巨大《きょだい》な『どこでもドア』は部屋《へや》の中央《ちゅうおう》に、お客《きゃく》さんたちを迎《むか》えるように堂々《どうどう》とそびえ立《た》っていた。

「ここはエントランスホール。あの大《おお》きいのがひみつ道具《どうぐ》の記念《きねん》すべき第一号《だいいちごう》、『初期型《しょきがた》どこでもドア』だよ」

「これが第一号《だいいちごう》？」

「すげ～！」

のび太《た》やジャイアンが感嘆《かんたん》の声《こえ》を上《あ》げる。『初期型《しょきがた》どこでもドア』の四隅《よすみ》からは、まだ現役《げんえき》であることを示《しめ》すかのように、時《とき》おり蒸気《じょうき》が噴《ふ》き出《だ》していた。

「他《ほか》にも歴代《れきだい》のドアがいくつかあって、ここからカメラ館《かん》とかライト館《かん》とか、好《す》きな館《かん》に行《い》くことができるんだよ」

見渡《みわた》すと、『初期型《しょきがた》どこでもドア』を四方《しほう》から取《と》り囲《かこ》むように、小《ちい》さな『どこでもドア』が設置《せっち》されている。小《ちい》さいといってもドラえもんが持《も》っているものよりは格段《かくだん》に大《おお》きい。

どうやらあの『どこでもドア』を通《とお》って、博物館《ミュージアム》の中《なか》を移動《いどう》するらしい。

五人《ごにん》が『初期型《しょきがた》どこでもドア』の足元《あしもと》へやってくると、ますますその大《おお》きさを実感《じっかん》する。

「ムダにでけ～」

ジャイアンとスネ夫《お》はぽかんとドアを見上《みあ》げた。

「ねえ、この人《ひと》は誰《だれ》？」

しずかがドアの近《ちか》くにある銅像《どうぞう》を指《ゆび》さして尋《たず》ねる。

「ああ、その人《ひと》はこの『初期型《しょきがた》どこでもドア』を作《つく》って、ひみつ道具《どうぐ》を大《おお》きく進歩《しんぽ》させた科学者《かがくしゃ》、ハルトマン博士《はかせ》だよ」

クルトがガイドらしく話《はな》す。のび太《た》は「へ～」と銅像《どうぞう》を見上《みあ》げる。銅像《どうぞう》の右手《みぎて》の上《うえ》では、正十二面体《せいじゅうにめんたい》の形《かたち》をしたオレンジ色《いろ》の宝石《ほうせき》のようなものが浮《う》かんでいた。

「あれ？　たしか君《きみ》、クルト・ハルトマンって名前《なまえ》だよね？」

のび太《た》がふとクルトを見《み》る。するとクルトは照《て》れくさそうに頭《あたま》に手《て》をやった。

「うん……、ハルトマン博士《はかせ》はボクのおじいさんなんだ」

「ええ～⁉」

五人《ごにん》は驚《おどろ》いてクルトを見《み》る。するとジャイアンが何《なに》か気《き》づいて、ニタッと笑《わら》った。

「じーさんはそんなスゲー博士《はかせ》なのに、孫《まご》のお前《まえ》はあんなへっぽこ道具《どうぐ》作《つく》ってんのかよ」

おそらく先《さき》ほど見《み》た『クルクック』のことだろう。

ジャイアンはいつものからかい口調《くちょう》で、クルトをはやし立《た》てる。スネ夫《お》も一緒《いっしょ》になって
「へっぽこ、へっぽこ～」とせせら笑《わら》った。

「ボ、ボクだっていつかはすっごい発明《はつめい》して、博物館《ミュージアム》に飾《かざ》られるような道具《どうぐ》を作《つく》ってみせるんだから！」

クルトは顔《かお》を真《ま》っ赤《か》にして反論《はんろん》するが、ジャイアンたちは「ムリムリ～」と相変《あいか》わらず

からかい続《つづ》けた。

と、そんな一同《いちどう》に向《む》かって何《なに》かが飛《と》んできた。小《ちい》さな丸《まる》い機械《きかい》のようなものが、五人《ごにん》のまわりをぶんぶんとハエのように飛《と》び回《まわ》る。やがて機械《きかい》はのび太《た》の襟《えり》やしずかたちの胸《むね》にピタッとくっついて止《と》まった。

驚《おどろ》いたのび太《た》が隣《となり》を見《み》ると、「うにゃ！　うにゃ！」とドラえもんが機械《きかい》に向《む》かって飛《と》びかかっていた。またネコ化《か》が始《はじ》まったらしい。ドラえもんは大口《おおぐち》を開《あ》けて、機械《きかい》を食《た》べようとしていた。

「あ～っ、それ食《た》べちゃダメ～！」

クルトがあわてて止《と》めようとして、のび太《た》たちも続《つづ》いてドラえもんに飛《と》びつく。逃《のが》れようとするドラえもんを押《お》さえたりと、しっちゃかめっちゃかになっていると、機械《きかい》はドラえもんのポケットに飛《と》び込《こ》んだ。

「ん？」

するとドラえもんが我《われ》に返《かえ》って、ポケットを見《み》つめる。

「何《なに》か入《はい》っちゃった……」

なぜかポケットに関《かん》しては敏感《びんかん》なようだ。クルトは「やれやれ」と腰《こし》を上《あ》げる。

「クルト、なんなのこれ？」

のび太《た》が襟《えり》についた機械《きかい》を指《さ》して尋《たず》ねた。

「発信器《はっしんき》だよ。ひみつ道具博物館《どうぐミュージアム》の中《なか》はとっても広《ひろ》いからね。最初《さいしょ》の頃《ころ》は一日《いちにち》に何人《なんにん》も遭《そう》難者《なんしゃ》が出《で》たんだ」

「そ、遭難者《そうなんしゃ》？」

スネ夫《お》が怯《おび》えたようにたじろいだ。すると、先《さき》ほどの仕返《しかえ》しといわんばかりにクルトはいたずらっぽい笑《え》みを向《む》ける。

「それをつけてないと、迷子《まいご》になってもだ〜れにも見《み》つけてもらえないよ〜」

クルトがおどかすと、スネ夫《お》は「ぞ〜っ」と身《み》を震《ふる》わせた。

「でも発信器《はっしんき》さえあれば……ほら」

と、クルトは腰《こし》につけたポーチから小型《こがた》の端末《たんまつ》を取《と》り出《だ》した。その画面《がめん》には博物館《ミュージアム》の案《あん》内図《ないず》のようなものが映《うつ》っていた。真《ま》ん中《なか》に色《いろ》の違《ちが》う六《むっ》つの丸《まる》い点《てん》が光《ひか》っていた。

「誰《だれ》がどこにいるか、ちゃんとわかるんだ」

六《むっ》つの点《てん》の近《ちか》くにそれぞれに名前《なまえ》が書《か》かれている。「オレンジがオレか」とジャイアン、「黄緑《きみどり》がボク！」とスネ夫《お》、そしてドラえもんが「白《しろ》いのはクルト？」と尋《たず》ねた。

「そう。ガイドであるボクの位置《いち》さ」

なるほど、ガイドがどこにいるかわかれば、たとえ迷《まよ》ったとしてもすぐに見《み》つけることができるだろう。

とその時《とき》、ブー――ッと館内《かんない》にブザーのような音《おと》が響《ひび》いた。

「あっ、ドアが開《あ》くぞ」

クルトはあわてて駆《か》け出《だ》す。「早《はや》く早《はや》く！」と促《うなが》されて、のび太《た》たちもクルトの後《あと》を追《お》って、『初期型《しょきがた》どこでもドア』の前《まえ》にたどり着《つ》いた。

ドアの四隅《よすみ》から蒸気《じょうき》がひときわ激《はげ》しく噴《ふ》き出《だ》す。歯車《はぐるま》が回《まわ》り出《だ》して、扉《とびら》が大《おお》きな音《おと》を立《た》てて左右《さゆう》にスライドしていく。通常《つうじょう》の『どこでもドア』とは開《ひら》き方《かた》が異《こと》なるようだ。

スライドした扉《とびら》の向《む》こうは光《ひか》り輝《かがや》いていた。その光《ひかり》が五人《ごにん》とクルトを包《つつ》み込《こ》む。

のび太《た》はそのまぶしさに思《おも》わず手《て》で光《ひかり》を遮《さえぎ》る。

やがて光《ひかり》がおさまり、のび太《た》が手《て》をどけて見上《みあ》げると、そこには驚《おどろ》きの光景《こうけい》が広《ひろ》がっていた。

「うわあ……！」

その場所《ばしょ》も先《さき》ほどの場所《ばしょ》に負《ま》けないほど、とても広《ひろ》い空間《くうかん》だった。

学校《がっこう》の体育館《たいいくかん》など比《くら》べものにならないほどの大《おお》きい部屋《へや》では、たくさんのロボットが歩《ある》き回《まわ》り、飛《と》び回《まわ》っていた。『ムードもりあげ楽団《がくだん》』や『ピーアール』『トレアドール』など、どこかで見《み》たことのあるロボットの姿《すがた》も見《み》える。

「ここはロボット館《かん》。すべてのロボットが集《あつ》まってるんだよ」

クルトが説明《せつめい》している間《あいだ》にも、頭上《ずじょう》には『トモダチロボット』のロボ子《こ》が飛《と》んでいったり、『こびとばこ』のこびとロボットたちが通《とお》り過《す》ぎたりしていく。

その様子《ようす》に驚《おどろ》いていると、大《おお》きな影《かげ》が覆《おお》い、巨大《きょだい》ロボがのび太《た》たちの頭上《ずじょう》をまたいで歩《ある》いていった。

「『タイタニックロボ』だ！」

「さあ、行《い》こう！」

クルトが先導《せんどう》して、のび太《た》たちは進《すす》んでいく。ネコ化《か》しているドラえもんを「ドラえもん、早《はや》く～」と追《お》い立《た》てながら歩《ある》いて行《い》くと、クルトは小《ちい》さな泉《いずみ》のような形《かたち》のひみつ道具《どうぐ》の前《まえ》で止《と》まった。

「これは『きこりの泉《いずみ》』だよ」

「知《し》ってる」

ジャイアンが進《すす》み出《で》て、足元《あしもと》を通《とお》っていた『ガードしおまねき』を捕《つか》まえる。

それはガードロボットで、タイムカプセルのような『ハマグリパック』というひみつ道《どう》具《ぐ》を守《まも》るためのものだが、ジャイアンはそんな『ガードしおまねき』を『きこりの泉《いずみ》』の中《なか》にポチャンと放《ほう》り込《こ》んだ。泉《いずみ》がピカッと光《ひか》って、中《なか》から女神《めがみ》ロボットがゆっくりと姿《すがた》を現《あらわ》した。

「あなたが落《お》としたのは、この普通《ふつう》の『ガードしおまねき』ですか？　それとも高級《こうきゅう》な『ガードたらばガニ』ですか？」

女神《めがみ》ロボットは、左手《ひだりて》に『ガードしおまねき』、右手《みぎて》にひとまわり大《おお》きくて豪華《ごうか》な『ガードたらばガニ』を持《も》っていた。ジャイアンは間髪《かんはつ》をいれずに迷《まよ》わず答《こた》える。

「普通《ふつう》のです！」

この道具《どうぐ》は正直《しょうじき》に答《こた》えないと、何《なに》ももらえなくなってしまう。

「正直《しょうじき》ですね。ご褒美《ほうび》に高級《こうきゅう》『ガードたらばガニ』をあげましょう」

女神《めがみ》ロボットはニッコリ笑《わら》って、ジャイアンに『ガードたらばガニ』を手渡《てわた》した。

「やった〜！」

とその時《とき》、近《ちか》くで他《ほか》のお客《きゃく》さんが『ころばし屋《や》』からボムッと空気《くうき》ピストルを撃《う》たれて、見事《みごと》にすっころぶのが見《み》えた。

のび太《た》たちが笑《わら》っていると、突然何《とつぜんなに》かに引《ひ》っ張《ぱ》られたように体《からだ》が動《うご》き始《はじ》める。

「わっ!? わっ、わっ、わっ!」

その行《ゆ》く手《て》にはまたも『どこでもドア』があった。どこかの空間《くうかん》につながっているらしきドアの向《む》こうに、のび太《た》たちは引《ひ》きずり込《こ》まれていく。

「うわっ!」

狭《せま》いドアを無理《むり》やり通《とお》った結果《けっか》、クルトを含《ふく》む六人《ろくにん》はドバッと崩《くず》れ落《お》ちて、勢《いきお》い余《あま》ってゴロゴロと転《ころ》がり、台座《だいざ》のようなところで止《と》まった。

ドラえもんが台座《だいざ》の上《うえ》を見《み》て、納得《なっとく》いった様子《ようす》でつぶやく。

「なんだ、『カムカムキャット』に呼《よ》ばれたのか」

台座《だいざ》の上《うえ》にのっているネコ型《がた》のロボット『カムカムキャット』は、招《まね》き猫《ねこ》のように呼《よ》びたい人《ひと》を呼《よ》んでくれる道具《どうぐ》だ。

「なぁに、ここ?」

しずかが起《お》き上《あ》がって見回《みまわ》す。

「いきなり島《しま》にワープしたぞ」

そこは先《さき》ほどのロボット館《かん》で、宙《ちゅう》に浮《う》いていた島《しま》のようなフロアだった。

「ここは『コピーロボット』に自分《じぶん》をコピーして、一緒《いっしょ》に遊《あそ》べるコーナーだよ」

立《た》ち上《あ》がったクルトが服装《ふくそう》を正《ただ》して言《い》う。

さっそくのび太《た》たちは、『コピーロボット』の鼻《はな》を押《お》して、自分《じぶん》のコピーを作《つく》り始《はじ》めた。

一方《いっぽう》で、ジャイアンとスネ夫《お》は『イケメンコピーロボット』を使《つか》って、イケメン風《ふう》にアレンジされた自分《じぶん》のコピーを作《つく》り上《あ》げる。「アレンジじゃないよ、まんまだよ」とスネ夫《お》は当然《とうぜん》のように告《つ》げる。

「ねえ、そんなことより鈴《すず》を捜《さが》そうよ」

みんなが遊《あそ》んでいる傍《かたわ》らで、先《さき》ほどからドラえもんは鈴《すず》を捜《さが》してキョロキョロしていた。

この博物館《ミュージアム》の中《なか》にあるのはたしかなのだ。

その時《とき》、どこからかリンリンと軽《かろ》やかな音《おと》が聞《き》こえてきた。

「鈴《すず》だ！」

と叫《さけ》んで、ドラえもんは音《おと》の方《ほう》を見《み》やる。それは近《ちか》くにあるワームホールの中《なか》から聞《き》こえてきているようだった。

「のび太《た》くん、鈴《すず》の音《おと》だ！」

ドラえもんはのび太《た》を引《ひ》っ張《ぱ》って、ワームホールの中《なか》に飛《と》び込《こ》む。

——が、結論《けつろん》から言《い》えば、音《おと》の正体《しょうたい》はドラえもんの鈴《すず》ではなかった。

二人《ふたり》の視線《しせん》の先《さき》には、黒《くろ》い体《からだ》の古《ふる》いロボットがいて、緑色《みどりいろ》の鈴《すず》をリンリンと鳴《な》らしながら、「ヒマなヤツはやらねぇか〜。面白《おもしれ》ぇように釣《つ》れっぞ〜」と、独特《どくとく》のイントネーションで客引《きゃくひ》きをしていた。

近《ちか》くにはためいている幟《のぼり》には〝ゴンスケのスッポンロボ釣《づ》り〟と書《か》かれていた。どうやらロボットはゴンスケという名前《なまえ》らしい。

ドラえもんはがっかりしたようにゴンスケに近《ちか》づく。

「別《べつ》の鈴《すず》か……。まぎらわしい……」

しかしのび太《た》は興味津々《きょうみしんしん》でゴンスケに尋《たず》ねる。

「金魚釣《きんぎょつ》りでもやってるの？」

「金魚《きんぎょ》じゃねぇだ。スッポンロボだ」

「スッポンロボ？」

と、のび太《た》が見《み》ると、目《め》の前《まえ》にいくつも『おざしきつりぼり』が並《なら》んでいた。そのシートを広《ひろ》げるだけで、水《みず》のあるところと四次元《よじげん》でつなぎ、釣《つ》りを楽《たの》しむことができる道具《どうぐ》だ。

二人《ふたり》が中《なか》をのぞき込《こ》むと、水《みず》の中《なか》をたくさんのスッポンロボが泳《およ》いでいるのが見《み》える。

「ドラちゃ～ん、鈴見《すずみ》つかった？」

ワームホールを通《とお》って、しずかとクルトがやってくる。

「違《ちが》う鈴《すず》だったよ」

「スッポンロボ釣《づ》りかぁ」

と、クルトが見回《みまわ》す。どうやらこの辺《あた》りはあまり案内《あんない》コースに入《はい》っていないらしい。

「ホレ、おめぇらもやってみろ」

背後《はいご》からゴンスケが近《ちか》づいてきて、ドラえもんとのび太《た》に『手《て》ばり』を手渡《てわた》す。それは水《みず》の中《なか》のターゲットを見《み》つけてひとりでに捕《つか》まえてくれる、釣《つ》り竿型《ざおがた》のひみつ道具《どうぐ》だった。

「わあ！　やるやる！」

釣《つ》りには腕《うで》に覚《おぼ》えがあるのび太《た》は嬉《うれ》しそうに受《う》け取《と》った。

ドラえもんと並《なら》んで釣《つ》り糸《いと》を垂《た》らすと、負《ま》けたくない気持《きも》ちが湧《わ》き上《あ》がる。

「ドラえもん！　どっちが先《さき》に釣《つ》り上《あ》げるか競争《きょうそう》だ！」

「よ～し、負《ま》けるもんか！」

ドラえもんも受《う》けて立《た》ち、水面《すいめん》をにらみつけるが、直後《ちょくご》、スッポンロボが水面《すいめん》を跳《は》ねて、ドラえもんの顔《かお》に水《みず》しぶきがかかった。しずかやクルトが思《おも》わず笑《わら》う。

「………」

ドラえもんは無言《むごん》でポケットからハンカチを出《だ》して、丁寧《ていねい》に顔《かお》を拭《ふ》き始《はじ》めた。

一方《いっぽう》でのび太《た》の竿《さお》に反応《はんのう》があった。

「あ、来《き》た！」

のび太《た》は勢《いきお》いよく竿《さお》を引《ひ》っ張《ぱ》る。すると糸《いと》に引《ひ》かれて水面《すいめん》から飛《と》び出《だ》したスッポンロボが、勢《いきお》いそのままに宙《ちゅう》を舞《ま》った。

「やったー！」

のび太《た》が歓声《かんせい》を上《あ》げる一方《いっぽう》で、スッポンロボはそのまま落下《らっか》して、開《ひら》いていたドラえもんのポケットにスポッと入《はい》っていく。

「あ……」

一同《いちどう》はその様子《ようす》を見《み》ていたが、当《とう》のドラえもん本人《ほんにん》は気《き》づいていない。拭《ふ》き終《お》えたハンカチをしまうため、ポケットに手《て》を差《さ》し入《い》れたその時《とき》だった。

「うぎゃあああっ！」

ドラえもんがこの世《よ》のものとは思《おも》えない悲鳴《ひめい》を上《あ》げて、飛《と》び上《あ》がる。その手《て》にはスッポンロボが噛《か》みついていた。どうやらポケットの中《なか》で噛《か》みつかれたようだ。

「スッポン、スッポン！　なんでスッポン！　なんでスッポン⁉」

ドラえもんは手《て》からスッポンロボを引《ひ》き剥《は》がそうとするが、スッポンロボは口《くち》を離《はな》そうとしない。スッポンは一度《いちど》噛《か》みついたら、なかなか離《はな》れないのが特徴《とくちょう》なのだ。

「ふぬ～～～っ！」

ドラえもんは力任《ちからまか》せにスッポンロボを手《て》から引《ひ》き抜《ぬ》いた。スポンと一度《いちど》は離《はな》れたロボだったが、すぐに逃《に》げるようにポケットに飛《と》び込《こ》む。

「こらぁ！　ポケットから出《で》ろ！」

ドラえもんはポケットを開《ひら》いて手《て》を差《さ》し入《い》れた。が、「あだぁぁっ！」と再《ふたた》び噛《か》まれたのか、悲鳴《ひめい》を上《あ》げる。腫《は》れ上《あ》がった手《て》にフーフーと息《いき》を吹《ふ》きかけ、痛《いた》みがおさまるのを待《ま》った。

「そん中《なか》が気《き》に入《い》ったんだべ。しばらく飼《か》ってやれ」

ゴンスケが無責任《むせきにん》に告《つ》げると、

「そんなぁ、ポケットが使《つか》えないよ～っ」

ドラえもんは困《こま》ったように嘆《なげ》く。

その時《とき》、「おーい！」という声《こえ》が聞《き》こえた。のび太《た》たちが見《み》ると、近《ちか》くの畑《はたけ》のような場《ば》所《しょ》から、ジャイアンとスネ夫《お》が上空《じょうくう》を指《ゆび》さして叫《さけ》んでいた。

「あれはなんだ～？」

ジャイアンの指《ゆび》さす先《さき》には、黒《くろ》い大《おお》きな球体《きゅうたい》が浮《う》かんでいた。明《あか》るい博物館《ミュージアム》には似《に》つかわしくない、どこか迫力《はくりょく》のある外見《がいけん》だ。

クルトが何《なに》やら端末《たんまつ》を操作《そうさ》すると、黒《くろ》い球体《きゅうたい》はのび太《た》たちの前《まえ》に降《お》りてくる。近《ちか》くに来《く》るとその巨大《きょだい》さが余計《よけい》に際立《きわだ》った。ざっと直径三十《ちょっけいさんじゅう》メートルはあるだろうか。

球体《きゅうたい》の表面《ひょうめん》が丸《まる》く切《き》り取《と》られ、まるで入《い》り口《ぐち》のようにゆっくりと開《ひら》いていく。

「これはガードロボを収容《しゅうよう》している檻《おり》だよ」

「ガードロボ？」

クルトの説明《せつめい》に、のび太《た》は首《くび》をかしげる。

「危険《きけん》なロボットなんだけど、今《いま》は動《うご》かないから安全《あんぜん》だよ」

そう言《い》いながらクルトは球体《きゅうたい》へつながるスロープを駆《か》け上《あ》がっていく。のび太《た》たちも後《あと》に続《つづ》いて中《なか》へ入《はい》ると、そこは薄暗《うすぐら》くて不気味《ぶきみ》な空間《くうかん》が広《ひろ》がっていた。

何《なに》よりその不気味《ぶきみ》さを引《ひ》き立《た》てていたのは、大《おお》きな空間《くうかん》の一番奥《いちばんおく》に置《お》かれていた巨大《きょだい》なロボットだった。ガチャン！　という音《おと》と共《とも》に灯《あか》りがついて、その全貌《ぜんぼう》が現《あらわ》れる。

鈍《にぶ》く光《ひか》る重厚《じゅうこう》な巨大《きょだい》ロボットは頑丈《がんじょう》そうな鎖《くさり》で拘束《こうそく》されていた。クルトは動《うご》かないと言《い》ったが、それは鎖《くさり》につながれているからであって、動《うご》いたら危険《きけん》であることが雰囲気《ふんいき》からもわかる。顔《かお》の位置《いち》にある大《おお》きな瞳《ひとみ》は光《ひかり》を宿《やど》していないが、厳《きび》しい警備《けいび》をしていたことが伝《つた》わってきた。

「すげえ……」

「見《み》るからにやばそう……」

「なんだか怖《こわ》いわ……」

ジャイアンやスネ夫《お》、しずかが怯《おび》えながらつぶやく。

「初期型《しょきがた》のパトロールロボだよ。博物館《ミュージアム》も最初《さいしょ》はこれで警備《けいび》してたんだけど、攻撃力《こうげきりょく》が高《たか》すぎて危険《きけん》だから使《つか》われなくなったんだ」

その迫力《はくりょく》にネコ化《か》したドラえもんがロボットに向《む》かって「シャー！」と威嚇《いかく》する。のび太《た》が背中《せなか》をさすってなだめた。

「今《いま》のパトロールロボはこれ」

クルトが言《い》うと、どこからか白《しろ》い球体《きゅうたい》のロボが飛《と》んできた。球体《きゅうたい》の真《ま》ん中《なか》に目《め》の形《かたち》をした監視《かんし》カメラがついている。丸《まる》い形《かたち》と色《いろ》のせいか、少《すこ》し可愛《かわい》らしくも見《み》えた。クルトは再《ふたた》び巨大《きょだい》ロボットに目《め》を向《む》ける。

「ガードロボは、この展示用《てんじよう》の1体《たい》しか残《のこ》っていないんだ」

「ふ〜ん」

一同《いちどう》が納得《なっとく》していると、スネ夫《お》は「ねえ、早《はや》く出《で》ようよ」と怯《おび》えた声《こえ》を上《あ》げた。

「なんだよスネ夫《お》、怖《こわ》いのか？」

ジャイアンは巨大《きょだい》なロボに駆《か》け寄《よ》る。

「べ、べつに怖《こわ》くなんかないよ。ちゃんとつながれてるし」

スネ夫《お》も強《つよ》がって一緒《いっしょ》にガードロボの足元《あしもと》に近《ちか》づく。と、ジャイアンは大木《たいぼく》ほどもあるガードロボの足《あし》を見上《みあ》げた。

「こんなヤツ、こうだ！」

ジャイアンはロボの足《あし》に向《む》かってキックする。鈍《にぶ》い金属音《きんぞくおん》が響《ひび》いた。

「ひっ」

とスネ夫《お》は怯《おび》えて見上《みあ》げたが、もちろんガードロボはなんの反応《はんのう》も示《しめ》さなかった。

「さあ、次《つぎ》の館《かん》を案内《あんない》するよ！」

クルトが声《こえ》をかけると、のび太《た》たちは連《つ》れだって歩《ある》き出《だ》す。

ガードロボに背中《せなか》を向《む》けていたため、彼《かれ》らは誰一人《だれひとり》気《き》づかなかった。

その時《とき》、ガードロボの目《め》がギョロリと動《うご》き、のび太《た》たちを監視《かんし》するように、じーっとその後《うし》ろ姿《すがた》を見《み》つめていたことを――。

＊＊＊

「次《つぎ》の館《かん》に行《い》く前《まえ》に、これを食《た》べて！」

クルトは小《ち》さな箱《はこ》からラムネのような粒《つぶ》を出《だ》して、五人《ごにん》に一《ひと》つずつ手渡《てわた》す。ジャイアンは「なんだこれ？」と言《い》いながら、粒《つぶ》を口《くち》に入《い》れた。

「これは……」

どうやらのび太《た》とドラえもんは、その正体《しょうたい》がなんなのか察《さっ》したようだ。

「とすると、次《つぎ》の館《かん》は……」

一方《いっぽう》でクルトはポーチから『ぬけ穴《あな》ボールペン』を出《だ》して、一同《いちどう》のまわりをぐるりと囲《かこ》むように円《えん》を描《か》き始《はじ》めた。

「よいしょっと！」

円《えん》をつなぎ終《お》えると、クルトはみんなの方《ほう》に向《む》き直《なお》る。

「さあ、次《つぎ》の館《かん》へご案内《あんない》します。落《お》ちる際《さい》はくれぐれもご注意《ちゅうい》を！」

「落《お》ちる……？」

みんなが疑問《ぎもん》に思《おも》った瞬間《しゅんかん》だった。床《ゆか》に描《えが》いた円《えん》が光《ひか》って、ぽっかりと穴《あな》があく。

「うわあああっ！」

悲鳴《ひめい》を上《あ》げながら、六人《ろくにん》はワームホールに落《お》ちていった。ホールの中《なか》を滑《すべ》りながら、クルトはみんなに叫《さけ》んだ。

「到着《とうちゃく》の際《さい》は、足元《あしもと》にご注意《ちゅうい》を！」

「えええええっ⁉」

驚《おどろ》いたのもつかの間《ま》、穴《あな》から飛《と》び出《だ》したとたん、体《からだ》がふわりと浮《う》いた。

この感覚《かんかく》は……無重力《むじゅうりょく》だ！

するとどこからか列車《れっしゃ》の音《おと》が聞《き》こえて、のび太《た》たちの真上《まうえ》を通《とお》り過《す》ぎていく。『天《あま》の川《がわ》鉄道《てつどう》』という、宇宙空間《うちゅうくうかん》を走《はし》るＳＬ型《エスエルがた》の宇宙船《うちゅうせん》だ。

ということは……。

「ここは宇宙館《うちゅうかん》だよ」

クルトが言《い》った。

のび太《た》が見回《みまわ》すと、薄暗《うすぐら》い空間《くうかん》の周囲《しゅうい》にはキラキラと小《ちい》さな光《ひかり》が瞬《また》いている。たくさんの星《ほし》や様々《さまざま》な惑星《わくせい》、ロケットなどが広《ひろ》い空間《くうかん》に浮《う》かんでいた。

「すっげー！」

ジャイアンも感動《かんどう》しているようだ。

「じゃあさっき食《た》べたのは……？」

『食用宇宙服《しょくよううちゅうふく》』さ」

「食《た》べるだけで宇宙服《うちゅうふく》を着《き》たのと同《おな》じ状態《じょうたい》になるんだ」

しずかの疑問《ぎもん》に、クルトとドラえもんが続《つづ》けて答《こた》える。

「さあ行《い》こう！」

クルトが別《べつ》の場所《ばしょ》へ行《い》こうとした瞬間《しゅんかん》、一同《いちどう》の前《まえ》を戦闘《せんとう》モードの宇宙船《うちゅうせん》『バトルシップ』が通《とお》り過《す》ぎる。ビームを撃《う》ち合《あ》って、対戦《たいせん》ゲームをしているらしい。

「うおおお！　オレもやりてえ！」

ジャイアンが興奮《こうふん》してのけぞると、背中《せなか》に何《なに》かが当《あ》たった。それは大《おお》きな地球《ちきゅう》の模型《もけい》のようだった。地球《ちきゅう》が弾《はず》みで動《うご》いているのを見《み》て、クルトがあわてて止《と》める。

「わあ！　ダメだよ、動《うご》かしちゃ！」

クルトは反対側《はんたいがわ》に回《まわ》って、地球《ちきゅう》を元《もと》の位置《いち》へ戻《もど》した。

「なんだ、これ？」

ジャイアンの質問《しつもん》に、クルトはポーチから端末《たんまつ》を取《と》り出《だ》した。

「これは星《ほし》の一生《いっしょう》を見《み》るための道具《どうぐ》なんだ。例《たと》えば……太陽《たいよう》の一生《いっしょう》」

クルトが端末《たんまつ》を操作《そうさ》すると、まわりに浮《う》いていた地球《ちきゅう》などの太陽系《たいようけい》の惑星《わくせい》が一瞬《いっしゅん》消《き》えて、ガスのようなものが現《あらわ》れた。どうやらホログラムのように映《うつ》し出《だ》されているらしい。どこからかアナウンスが聞《き》こえてくる。

『太陽《たいよう》は今《いま》から約五十億年前《やくごじゅうおくねんまえ》に誕生《たんじょう》しました』

ガスは渦《うず》を巻《ま》き始《はじ》め、次第《しだい》に中心《ちゅうしん》がオレンジ色《いろ》に光《ひか》り出《だ》す。太陽系《たいようけい》の惑星《わくせい》も再《ふたた》び現《あらわ》れた。

『これが現在《げんざい》の状態《じょうたい》です。太陽《たいよう》はこれからどんどん膨張《ぼうちょう》していき、あと六十億年《ろくじゅうおくねん》ほど経《た》つと、赤色巨星《せきしょくきょせい》になります』

太陽《たいよう》はどんどん大《おお》きくなっていって、まわりの水星《すいせい》や金星《きんせい》ものみ込《こ》んでいく。

「で、でけえ……」

見《み》とれている間《あいだ》にも、太陽《たいよう》はどんどん膨《ふく》らんでのび太《た》たちに迫《せま》ってきた。

「の、のみ込《こ》まれちゃう！」

「逃《に》げろ～！」

ドラえもんたちはあわてて逃《に》げ出《だ》す。もちろんホログラムなので危険《きけん》ではないのだが、本当《ほんとう》に熱《あつ》さを感《かん》じるかのような迫力《はくりょく》だった。

——その後《ご》も、のび太《た》たちはクルトの案内《あんない》で、博物館《ミュージアム》の中《なか》をいろいろと見《み》て回《まわ》って遊《あそ》んだ。

カメラ館《かん》で『きせかえカメラ』を使《つか》って貴族《きぞく》のような豪華《ごうか》な服《ふく》を着《き》たり、空館《そらかん》で雲《くも》のシアターで『タケコプター』の歴史《れきし》のスライドを見《み》たり、自然館《しぜんかん》で『花咲か灰《はなさかばい》』を使《つか》ってヤシの木《き》に桜《さくら》の花《はな》を咲《さ》かせてみたり——と、この博物館《ミュージアム》はまさしく、ひみつ道具《どうぐ》のすべてのことが詰《つ》まっているような場所《ばしょ》だった。

やがて一同《いちどう》は、なんでも館《かん》という館《かん》にたどり着《つ》く。クルトによると「なんでもかんでもいろいろある」とのことで、カラフルな柱《はしら》や床《ゆか》が特徴的《とくちょうてき》なその部屋《へや》には、たくさんのひみつ道具《どうぐ》が、所狭《ところせま》しと並《なら》んでいた。

のび太《た》たちは『空気《くうき》クレヨン』を使《つか》って、さっそく空中《くうちゅう》に絵《え》を描《か》いて遊《あそ》び始《はじ》める。

その時《とき》、クルトの腕時計型《うでどけいがた》の通信機《つうしんき》がピピッと鳴《な》った。遊《あそ》んでいるのび太《た》たちには聞《き》こえない。

『あークルト？　お茶《ちゃ》の時間《じかん》なんだけど、どうする？』

通信機《つうしんき》からは女《おんな》の子《こ》の声《こえ》が聞《き》こえた。

クルトはパッと笑顔《えがお》になり、「もちろん行《い》くよ。待《ま》ってて」と答《こた》えて通信《つうしん》を切《き》った。そして、鼻歌《はなうた》を歌《うた》いながら、ドラえもんたちに近《ちか》づく。

「あ～みんな、ボクちょっとトイレに行《い》ってくるからさ、この館《かん》の中《なか》で遊《あそ》んでて」

「うん、わかった」

のび太《た》が言《い》い終《お》わらないうちに、クルトは振《ふ》り返《かえ》って駆《か》けだした。

そのままなんでも館《かん》から広《ひろ》い廊下《ろうか》に出《で》る。そして大《おお》きな柱《はしら》の前《まえ》に立《た》つと、まわりに誰《だれ》もいないのを確認《かくにん》して、すばやく『ぬけ穴《あな》ボールペン』で柱《はしら》に穴《あな》をあけた。そしてすぐさま穴《あな》の中《なか》へ飛《と》び込《こ》み、クルトは姿《すがた》を消《け》した。

04 ジャイアンとスネ夫《お》の災難《さいなん》

引《ひ》き続《つづ》き、なんでも館《かん》の中《なか》で遊《あそ》んでいると、のび太《た》たちはまた別《べつ》の館《かん》へ向《む》かう『どこでもドア』を見《み》つけた。

「おい見《み》ろよ、なんだこれ？」

ジャイアンが不思議《ふしぎ》そうに言《い》う。それもそのはず、その『どこでもドア』のまわりには、黄色《きいろ》い立入禁止《たちいりきんし》のテープが貼《は》られていたのだ。

スネ夫《お》がドアの前《まえ》に立《た》てられている札《ふだ》の文字《もじ》を読《よ》む。

「『この先《さき》、ライト館《かん》。立入禁止《たちいりきんし》』……？」

「ライト館《かん》って……」

「DX《デラックス》に『ビッグライト』が盗《ぬす》まれたっていう……」

のび太《た》とドラえもんが顔《かお》を見合《みあ》わせる。クルトが言《い》っていたことを思《おも》い出《だ》したらしい。

つまりこの先《さき》は怪盗DX《かいとうデラックス》の犯行現場《はんこうげんば》ということだ。

するとその時《とき》、ドアの中《なか》から突然男《とつぜんおとこ》の人《ひと》が現《あらわ》れた。

「よっこらせ」

「わっ！」

ドラえもんたちも驚《おどろ》いたが、男《おとこ》の方《ほう》ものけぞって驚《おどろ》く。

トレンチコートを着込《きこ》んでハットをかぶった男《おとこ》は、のび太《た》たちを見《み》て、「なんだなんだ、お前《まえ》たちは」とにらみつける。

「おじさん、ダメだよ。ここ入《はい》っちゃいけないんだよ」

のび太《た》の言葉《ことば》に、男《おとこ》はカクッと拍子《ひょうし》抜《ぬ》けする。

「バカモン！　オレは警察《けいさつ》の人間《にんげん》だっ」

「ああ、刑事《けいじ》さんか」

ジャイアンが納得《なっとく》する。たしかに犯行現場《はんこうげんば》から刑事《けいじ》さんが出《で》てくるのは、ごく自然《しぜん》のことだ。

「そうだ、警部《けいぶ》だ。マスタード警部《けいぶ》だ」

自《みずか》ら名乗《なの》ったマスタード警部《けいぶ》は、胸《むね》のポケットをごそごそ探《さぐ》り、警察手帳《けいさつてちょう》をみんなに見《み》せる。そのまま立《た》ち去《さ》ろうとするマスタード警部《けいぶ》に、ドラえもんが声《こえ》をかけた。

「警部《けいぶ》さん、怪盗《かいとう》DX《デラックス》のこと、何《なに》かわかったんですか？」

「んん？　事件《じけん》と関係《かんけい》ない一般人《いっぱんじん》にそんなことしゃべるわけにはいかんな」

マスタード警部《けいぶ》はドラえもんたちを見下《みお》ろして、厳《きび》しい口調《くちょう》で告《つ》げた。

「関係《かんけい》なくありません！　ボクの鈴《すず》が怪盗《かいとう》DX《デラックス》に盗《ぬす》まれたんです！」

ドラえもんが必死《ひっし》に訴《うった》えると、マスタード警部《けいぶ》の目《め》の色《いろ》が変《か》わった。

「なんだって？　DX《デラックス》が鈴《すず》を……？」

マスタード警部《けいぶ》はドラえもんの首元《くびもと》に顔《かお》を近《ちか》づける。そこにはドラミからもらったレモンがぶら下《さ》がっていた。

「興味深《きょうみぶか》いな。それは本当《ほんとう》かね？」

「本当《ほんとう》です！　DX《デラックス》の手《て》がかりをつかむために、この博物館《ミュージアム》に来《き》たんです！」

「何《なに》かつかんでたら、教《おし》えてください！」

しずかも進《すす》み出《で》て、マスタード警部《けいぶ》に言《い》う。警部《けいぶ》は立《た》ち上《あ》がり、まだ信《しん》じ切《き》ってはいないが試《ため》しに話《はな》してみるか、といった様子《ようす》で口《くち》を開《ひら》いた。

「ふ〜む……実《じつ》はな、ミュージアムスタッフへの聞《き》き込《こ》みで、おかしなウワサを聞《き》いたんだ」

「ウワサ？」

「教《おし》えてやってもいいが、DX《デラックス》に関係《かんけい》あるかどうかはわからんぞ」

「え？」

ドラえもんは怪訝《けげん》そうに首《くび》をかしげる。

「うむ……、この博物館《ミュージアム》には、昔《むかし》から怪人《かいじん》が住《す》みついていて、その怪人《かいじん》がいろいろなものを盗《ぬす》んでいくというんだ」

「怪人《かいじん》？　怪盗《かいとう》じゃなくて怪人《かいじん》？」

スネ夫《お》が引《ひ》っかかる。たしかに怪盗《かいとう》と怪人《かいじん》では、なんとなく雰囲気《ふんいき》が違《ちが》う。

「女性職員《じょせいしょくいん》からはティッシュやランチに買《か》ったサラダ、スッポンロボ釣《づ》りのゴンスケさんからは畑《はたけ》のイモ、フィークス館長《かんちょう》からは紅茶《こうちゃ》や砂糖《さとう》などの被害《ひがい》が報告《ほうこく》されている」

たしかに怪盗DX《かいとうデラックス》にしては、盗《ぬす》んでいくものがささやかだ。

「あと、夜中《よなか》の見回《みまわ》り中《ちゅう》に男《おとこ》の声《こえ》を聞《き》いた、という話《はなし》もあった。誰《だれ》もいないはずの自然館《しぜんかん》から『これも違《ちが》～う』『これも違《ちが》～う』と不気味《ぶきみ》な声《こえ》が聞《き》こえてきた、と。しかしドアを開《あ》けてもそこには誰《だれ》もいなかったらしい……」

のび太《た》たちは警部《けいぶ》の話《はなし》をじっと聞《き》いていた。

「そいつがDX本人《デラックスほんにん》なのか、関係《かんけい》ないのか調《しら》べているところだ。この博物館《ミュージアム》は、なんというか……何《なに》かある。怪《あや》しいにおいがプンプンしやがるんだ……」

マスタード警部《けいぶ》は博物館《ミュージアム》を見回《みまわ》しながら、神妙《しんみょう》な顔《かお》でつぶやいた。

＊　＊　＊

その頃《ころ》、クルトが一体《いったい》どこで何《なに》をしていたのか――。

話《はなし》は数分前《すうふんまえ》にさかのぼる。

柱《はしら》の抜《ぬ》け穴《あな》から出《で》たクルトは、博物館《ミュージアム》のバックヤードを歩《ある》いていた。空調《くうちょう》のパイプや配《はい》線《せん》が巡《めぐ》らされた狭《せま》くて暗《くら》い通路《つうろ》を、勝手知《かってし》ったる様子《ようす》でスイスイと進《すす》んでいく。

そこは館長《かんちょう》やスタッフもほとんど立《た》ち入《い》ることのない道《みち》だった。

クルトは長《なが》く狭《せま》い廊下《ろうか》を歩《ある》いていくと、ある壁《かべ》の近《ちか》くで立《た》ち止《ど》まった。壁《かべ》には小《ちい》さなパネルが埋《う》め込《こ》まれている。注意深《ちゅういぶか》く見《み》ないと見逃《みのが》してしまうだろう。

パネルに腕時計型《うでどけいがた》の端末《たんまつ》をかざすと、ピポッとパネルから音《おと》が聞《き》こえた。

クルトは壁《かべ》に手《て》をかけて押《お》す。どうやら壁《かべ》は隠《かく》し扉《とびら》になっているらしい。勢《いきお》いよく開《あ》けようとして、扉《とびら》に何《なに》かが引《ひ》っかかった。クルトは勢《いきお》い余《あま》って、そのまま顔《かお》をぶつける。

「つっ……！」

クルトが顔《かお》を押《お》さえる。すると中《なか》から男《おとこ》の声《こえ》が聞《き》こえてきた。

「あ～、ごめんごめん」

クルトが体《からだ》を滑《すべ》り込《こ》ませて中《なか》をのぞくと、銀髪《ぎんぱつ》のあごひげを生《は》やした男《おとこ》が『ころばし屋《や》』を拾《ひろ》っていた。どうやらそれが扉《とびら》に引《ひ》っかかったらしい。

「またやってる～」

部屋《へや》の違《ちが》う方向《ほうこう》から女《おんな》の子《こ》の声《こえ》も聞《き》こえる。

銀髪《ぎんぱつ》の男《おとこ》はえんじ色《いろ》のガウンのような服《ふく》を羽織《はお》り、宙《ちゅう》に浮《う》く車椅子型《くるまいすがた》の機械《きかい》に乗《の》っていた。

「ていうか博士《はかせ》、このドア、外開《そとびら》きに変《か》えましょうよ～」

博士《はかせ》と呼《よ》ばれた銀髪《ぎんぱつ》の男《おとこ》はハッと気《き》づいて、目《め》を丸《まる》くする。

「お～、お前《まえ》、頭《あたま》いいな」

クルトが中《なか》に入《はい》ると、そこは石《いし》の壁《かべ》に囲《かこ》まれた地下室《ちかしつ》だった。さほど広《ひろ》くない部屋《へや》の真《ま》ん中《なか》に大《おお》きなテーブルが置《お》かれて、テーブルの上《うえ》には所狭《ところせま》しとたくさんの機械《きかい》が並《なら》べられている。真鍮《しんちゅう》のような金属《きんぞく》でできた、どこか古《ふる》めかしい装置《そうち》にモニタが接続《せつぞく》していたりと、新旧《しんきゅう》が入《い》り混《ま》じった雑多《ざった》な雰囲気《ふんいき》だった。

そんな部屋《へや》の隅《すみ》で、一連《いちれん》の様子《ようす》を見《み》ていた女《おんな》の子《こ》がいた。

黄色《きいろ》い髪《かみ》を後《うし》ろで結《むす》んで、大《おお》きな緑《みどり》のリボンをつけている。鮮《あざ》やかなオレンジの未来《みらい》の服《ふく》を着《き》た美少女《びしょうじょ》だ。女《おんな》の子《こ》はやれやれと首《くび》を振《ふ》って、ボウルに入《はい》った生《なま》クリームの撹拌《かくはん》を始《はじ》める。何《なに》やら料理《りょうり》の途中《とちゅう》だったらしい。

「あんたも懲《こ》りないわねえ」

女《おんな》の子《こ》はボウルを持《も》ち上《あ》げて、テーブルの上《うえ》に置《お》いた。テーブルの上《うえ》には、美味《おい》しそうなケーキが三《みっ》つの皿《さら》に取《と》り分《わ》けられている。

女《おんな》の子《こ》は、近《ちか》くで火《ひ》にかけられていた丸型《まるがた》フラスコを手《て》に取《と》り、紅茶《こうちゃ》の茶葉《ちゃば》の入《はい》った茶《ちゃ》こしの上《うえ》から、マグカップとビーカーにお湯《ゆ》を注《そそ》いでいく。

「サボってんの見《み》つかったら、また館長《かんちょう》に怒《おこ》られるわよ」

どうやら女《おんな》の子《こ》はクルトとフィークス館長《かんちょう》の関係性《かんけいせい》を知《し》っているようだ。女《おんな》の子《こ》は最後《さいご》の一滴《いってき》、いわゆるゴールデンドロップをちゃっかり自分《じぶん》のマグカップに落《お》とすと、それぞれに配《くば》る。すでにクルトと銀髪《ぎんぱつ》の男《おとこ》は席《せき》についていた。

「心配《しんぱい》せんでも、お前《まえ》の分《ぶん》くらい残《のこ》しといて……」

そう言《い》いながら、銀髪《ぎんぱつ》の男《おとこ》がボウルの生《なま》クリームにささったスプーンに手《て》を伸《の》ばすと、すかさず女《おんな》の子《こ》が「おじいちゃん！」と、その手《て》をパシッとはたいた。

生《なま》クリームをこっそり舐《な》めようとしていたのに気《き》づいたようだ。

「……やるぞ」

と言葉《ことば》を続《つづ》けて、おじいちゃんと呼《よ》ばれた銀髪《ぎんぱつ》の男《おとこ》は力《ちから》なく手《て》を引《ひ》っ込《こ》めた。

クルトは女《おんな》の子《こ》の言葉《ことば》に、モジモジして答《こた》える。

「だって……ジンジャーと一緒《いっしょ》に食《た》べたいんだもん」

ゴニョゴニョと話《はな》したので、女《おんな》の子《こ》には聞《き》こえなかったらしい。

「え？　何《なに》？」

ジンジャーと呼《よ》ばれた女《おんな》の子《こ》が聞《き》き返《かえ》すが、「いえ、なんでも……」とクルトはごまかした。

「それでは……」

というジンジャーの声《こえ》に、三人《さんにん》はフォークを手《て》にする。

「いただきまーす！」

同時《どうじ》に言《い》って、それぞれ目《め》の前《まえ》のケーキを一口《ひとくち》食《た》べた。

「うまいっ！」

クルトと銀髪《ぎんぱつ》の男《おとこ》が同時《どうじ》に叫《さけ》んで、目《め》を輝《かがや》かせる。

「でしょでしょ～？　おイモのケーキよ。いいおイモが手《て》に入《はい》ったの！」

ジンジャーは満足《まんぞく》そうに微笑《ほほえ》んだ。

「いや～、乏《とぼ》しい材料《ざいりょう》でこんな美味《うま》いもの作《つく》るなんて、ジンジャーは天才《てんさい》だよ～」

クルトは頬《ほお》を染《そ》めながらパクパクとケーキを食《た》べ始《はじ》めた。

＊＊＊

マスタード警部《けいぶ》の話《はなし》を聞《き》き終《お》えた後《あと》、のび太《た》たちは再《ふたた》びなんでも館《かん》で遊《あそ》び始《はじ》めた。

なかでも好奇心旺盛《こうきしんおうせい》なジャイアンとスネ夫《お》は、二人《ふたり》で別行動《べっこうどう》を始《はじ》めていた。

「それにしても広《ひろ》いな～」

小《ちい》さな台《だい》の上《うえ》で逆立《さかだ》ちをしながら、ジャイアンはつぶやく。この博物館《ミュージアム》は、未来《みらい》の技術《ぎじゅつ》で空間《くうかん》を広《ひろ》げているのか、とにかく広《ひろ》い。なんでも館《かん》も遠《とお》くの方《ほう》は景色《けしき》がぼんやりしていて果《は》てが見《み》えない。

「よっと！」

ジャイアンは台《だい》から飛《と》び降《お》りて振《ふ》り返《かえ》る。その台《だい》には人一人《ひとひとり》がくぐることができるほどのトンネルがあいていて、スネ夫《お》が中《なか》をくぐって遊《あそ》んでいた。

「来《こ》い、スネ夫《お》！　どこまで行《い》ったら壁《かべ》があるか、行《い》ってみようぜ！」

ジャイアンはスネ夫《お》に向《む》かって話《はな》しながら、そのまま後《うし》ろ向《む》きで進《すす》む。

しかし話《はなし》に夢中《むちゅう》で、先《さき》にある何《なに》か大《おお》きなトンネルのようなものに入《はい》ってしまったことに気《き》づかなかったらしい。まわりが暗《くら》くなっている。スネ夫《お》もジャイアンを追《お》いかけて、暗《くら》がりの中《なか》へ入《はい》っていく。

「こんなに広《ひろ》いのに、端《はし》まで行《い》けるわけないでしょ～っ」

二人《ふたり》は「ハハハッ！」と笑《わら》いながら、トンネルの暗《くら》い通路《つうろ》を通《とお》って外《そと》に出《で》た。

「？」

ジャイアンはまわりの景色《けしき》の異変《いへん》に気《き》づいた。スネ夫《お》は気《き》づかずにジャイアンの背中《せなか》にぶつかる。

「ムフッ！　もう……何《なに》？」

スネ夫《お》が不満《ふまん》げに見上《みあ》げると、ジャイアンは頭上《ずじょう》を見《み》て呆然《ぼうぜん》とつぶやいた。

「でで……でっかい人《ひと》がいる！」

そこにはなんとも不思議《ふしぎ》な光景《こうけい》が広《ひろ》がっていた。二人《ふたり》の目《め》の前《まえ》を、ビルと見《み》まごうほど大《おお》きな人々《ひとびと》が歩《ある》いていたのだ。なぜか人々《ひとびと》はこちらを見《み》て、クスクスと笑《わら》っている。

ジャイアンが気《き》づいた。

「いや違《ちが》う！　オレたちがちっちゃくなっちゃったんだ！」

二人《ふたり》はハッと振《ふ》り返《かえ》る。そこには大《おお》きなトンネルが見《み》えた。トンネルはラッパのように奥《おく》に向《む》けて大《おお》きくなっていて、こちらから見《み》ると入《い》り口《ぐち》よりも出口《でぐち》のほうが大《おお》きい。ジャイアンたちはその姿《すがた》に見覚《みおぼ》えがあった。『ガリバートンネル』という、トンネルを通《とお》り抜《ぬ》けた先《さき》の出口《でぐち》の大《おお》きさに従《したが》って、体《からだ》の大《おお》きさが変化《へんか》するひみつ道具《どうぐ》だ。

「あれでちっちゃくなっちゃったんだ！」

スネ夫《お》が気《き》づいたその時《とき》、これまた大《おお》きな人間《にんげん》が二人《ふたり》、横《よこ》からやってきてそのトンネルを見下《みお》ろした。

「次《つぎ》の点検《てんけん》は『ガリバートンネルマークⅡ《ツー》』だ」

二人《ふたり》は作業員《さぎょういん》のような服《ふく》を着《き》ていた。片方《かたほう》の作業員《さぎょういん》が「『かるがる手袋《てぶくろ》』装着《そうちゃく》！」と手《て》袋型《ぶくろがた》のひみつ道具《どうぐ》を手《て》にはめる。その名《な》の通《とお》り、どんな重《おも》い物《もの》でも軽々《かるがる》と運《はこ》ぶことができるひみつ道具《どうぐ》だ。

二人《ふたり》は「せーの！」と声《こえ》を揃《そろ》えて、『ガリバートンネルマークⅡ《ツー》』を両側《りょうがわ》から持《も》ち上《あ》げる。マークⅡ《ツー》と名《な》がついているのは、通常《つうじょう》のものよりも長《なが》くなっているかららしい。

「えっほ、えっほ、えっほ！」

作業員《さぎょういん》は『ガリバートンネルマークⅡ《ツー》』を持《も》ち去《さ》っていく。

ジャイアンとスネ夫《お》はあわてて追《お》いかけた。

「待《ま》ってくれよ～！」

「ここに小《ちい》さくなったままの人《ひと》がいます～！」

ジャイアンとスネ夫《お》は口々《くちぐち》に叫《さけ》ぶが、体《からだ》の大《おお》きさと同様《どうよう》に、声《こえ》も小《ちい》さくなっているようで、「気《き》づけ～！」とのジャイアンの叫《さけ》び声《ごえ》も、むなしく響《ひび》いていく。二人《ふたり》の視線《しせん》の先《さき》で、作業員《さぎょういん》たちは『ガリバートンネルマークⅡ《ツー》』を持《も》ったまま、空間《くうかん》にあいた超空間《ちょうくうかん》の穴《あな》へ消《き》えていってしまった。

「はぁ、はぁ……待《ま》って……」

スネ夫《お》たちは絶望《ぜつぼう》したように立《た》ち止《ど》まった。

「どうしよう……。元《もと》に戻《もど》れないよぉ」

力《ちから》なく嘆《なげ》いたスネ夫《お》は、ジャイアンを見《み》やる。

「とりあえず、みんなのところに戻《もど》ろう」

ジャイアンは走《はし》り出《だ》した。ドラえもんならなんとかしてくれるはずだ。

「どうしてこうなるのぉ～」

スネ夫《お》は泣《な》きべそをかきながら、ジャイアンを追《お》いかけていった。

05 怪《あや》しい館長《かんちょう》

カンカン！　と乾《かわ》いた音《おと》が響《ひび》いた。

「あ～、みんな、聞《き》いてくれ」

銀髪《ぎんぱつ》の男《おとこ》がビーカーをフォークで叩《たた》くと、クルトとジンジャーはケーキを食《た》べながら、男《おとこ》の方《ほう》を見《み》た。男《おとこ》はもったいぶって、「オッホン」と咳払《せきばら》いをする。

「長《なが》いことクルトに手伝《てつだ》ってもらい、ジンジャーが家計《かけい》を切《き》り詰《つ》め、三人《さんにん》でコツコツと作《つく》ってきた『ペプラーメタル製造《せいぞう》マシン』が、ついに完成間近《かんせいまぢか》となった！」

と、男《おとこ》はフォークを高《たか》くかかげた。

「わ～っ！　ドンドン！　パフパフ！」

クルトは嬉《うれ》しそうに机《つくえ》を叩《たた》き、ラッパを鳴《な》らすジェスチャーをするが、ジンジャーは興《きょう》味《み》なさげに紅茶《こうちゃ》を一口《ひとくち》飲《の》んだ。

「見《み》たまえ」

と、男《おとこ》は車椅子《くるまいす》マシンごと隅《すみ》の扉《とびら》の方《ほう》へ向《む》かって、壁《かべ》のパネルを操作《そうさ》する。するとプシューと扉《とびら》が開《あ》いて、暗《くら》い部屋《へや》が広《ひろ》がる。中《なか》には大《おお》がかりな機械《きかい》が見《み》えた。

「お〜〜〜っ！」

驚《おどろ》いたクルトを、男《おとこ》は得意《とくい》げに見《み》つめる。

「これが完成《かんせい》すれば、我々《われわれ》はとうとうペプラーメタルを作《つく》ることができるのだ！」

「ペプラー博士《はかせ》！」

クルトが感動《かんどう》して涙《なみだ》を浮《う》かべながら、男《おとこ》の名《な》を呼《よ》んだ。

そう、彼《かれ》の名《な》はペプラー。クルトの師匠《ししょう》とも呼《よ》ぶべき存在《そんざい》の科学者《かがくしゃ》だった。

ペプラー博士《はかせ》は拳《こぶし》をあげて、再《ふたた》び演説《えんぜつ》を始《はじ》める。

「ハルトマン博士《はかせ》が作《つく》り出《だ》したフルメタルは、たしかに優《すぐ》れた金属《きんぞく》だ。だが、フルメタルのもととなる金属《きんぞく》は、この地球上《ちきゅうじょう》からどんどん減《へ》っている。いずれはひみつ道具《どうぐ》を作《つく》ることさえできなくなってしまうだろう。だが！　このマシンさえあれば、鉄《てつ》だろうがアルミだろうが、もちろんフルメタルだって、なんでもかんでもペプラーメタルに変《か》えられるという、もんのすご〜いマシンなのじゃ！」

「わ〜っ！　ドンドン！　パフパフ！」

クルトが再《ふたた》び机《つくえ》を叩《たた》いて、ラッパのジェスチャーで盛《も》り上《あ》げる。

「そうしたらもう資源《しげん》の心配《しんぱい》はなくなるし、ひみつ道具《どうぐ》はますます発展《はってん》しますね！」

クルトが興奮《こうふん》して言《い》うと、ペプラー博士《はかせ》も力強《ちからづよ》く拳《こぶし》を握《にぎ》る。

「そうとも！　そしてこのペプラーの名《な》は永久《えいきゅう》に歴史《れきし》に残《のこ》るであろう！」

クルトとペプラー博士《はかせ》が嬉《うれ》しそうにはしゃいでいる一方《いっぽう》で、ジンジャーは少《すこ》しあきれたようにケーキを口《くち》に運《はこ》ぶ。

「もう残《のこ》ってるじゃない。悪《わる》い方《ほう》にね」

ジンジャーのつぶやきは、二人《ふたり》には聞《き》こえていなかった。

＊＊＊

「うげ！　うへ！　どは！」

悲鳴《ひめい》とうなり声《ごえ》が、小《ちい》さな換気用《かんきよう》のダクトに響《ひび》く。ジャイアンとスネ夫《お》の声《こえ》だった。

二人《ふたり》はドラえもんたちのところへ戻《もど》ろうと走《はし》っていたが、大《おお》きな人々《ひとびと》の歩《ある》く場所《ばしょ》を避《さ》けて、物陰《ものかげ》を進《すす》んでいたのがあだになった。足《あし》を踏《ふ》み外《はず》して、排気口《はいきこう》に落《お》ちてしまったのだ。

転《ころ》がりながらダクトから出《で》てくると、二人《ふたり》は床《ゆか》に倒《たお》れ込《こ》む。どうやら地下《ちか》まで落《お》ちてきてしまったらしい。

「いててて……」

「ここ、どこだ？」

ジャイアンは起《お》き上《あ》がって辺《あた》りを見回《みまわ》すが、なんでも館《かん》とはまるで様子《ようす》が違《ちが》う、殺風景《さっぷうけい》な薄暗《うすぐら》い通路《つうろ》だった。

「変《へん》なところに出《で》ちゃったよ〜っ」

スネ夫《お》が嘆《なげ》く。

とその時《とき》、二人《ふたり》の背後《はいご》で何《なに》か機械《きかい》の音《おと》が聞《き》こえた。

「ん？」

振《ふ》り返《かえ》ると、巨大《きょだい》なカエルのようなロボットがこちらに向《む》かって進《すす》んでくるのが見《み》えた。

「お掃除《そうじ》します。お掃除《そうじ》します」

ロボットはブラシが装着《そうちゃく》された金属製《きんぞくせい》の手《て》を振《ふ》り回《まわ》しながら、ジャイアンたちに襲《おそ》いかかる。

「うわああっ！」

二人《ふたり》は悲鳴《ひめい》を上《あ》げて、逃《に》げ出《だ》す。お掃除《そうじ》されたらたまったものではない。

「お掃除《そうじ》します。お掃除《そうじ》します！」

ロボットのブラシ攻撃《こうげき》をすんでのところでかわしながら、ジャイアンたちは猛《もう》スピードで逃《に》げていく。

が、目《め》の前《まえ》には壁《かべ》が迫《せま》っていた。

「行《い》き止《ど》まりだあああっ！」

ジャイアンたちとロボットはそのまま壁《かべ》に突進《とっしん》する。その直後《ちょくご》――、

「……お掃除《そうじ》します。お掃除《そうじ》します」

ジャイアンとスネ夫《お》の姿《すがた》を見失《みうしな》ったロボットは、Ｕ《ユー》ターンしてどこかへ走《はし》り去《さ》っていった。

果《は》たして二人《ふたり》はどこへ行《い》ったのか？

それは壁際《かべぎわ》にあいていた小《ちい》さな排気口《はいきこう》にあった。

「た、助《たす》かった～」

ジャイアンがホッとひと息《いき》つく。排気口《はいきこう》のせいで迷《まよ》ってしまったが、今度《こんど》は排気口《はいきこう》に助《たす》けられた。

すると、ジャイアンの体《からだ》の下《した》でスネ夫《お》が苦《くる》しそうにうめいた。

「重《おも》い〜〜〜っ、早《はや》くどいて〜！」

スネ夫《お》は手足《てあし》をジタバタ動《うご》かしてあばれている。

辺《あた》りを見回《みまわ》すと、そこは、地下《ちか》の薄暗《うすぐら》い通路《つうろ》であることは変《か》わらないが、空気《くうき》の流《なが》れはあるようだ。

スネ夫《お》に乗《の》っていたジャイアンは体《からだ》をどかし、わずかに風《かぜ》が吹《ふ》いてくる方《ほう》に向《む》かって歩《ある》き出《だ》した。スネ夫《お》も不安《ふあん》げについてくる。

やがて二人《ふたり》は少《すこ》し開《ひら》けた空間《くうかん》に出《で》た。だが相変《あいか》わらず暗《くら》くて、空間《くうかん》の全容《ぜんよう》は見渡《みわた》せない。

「また変《へん》なところに出《で》た……」

「なんだ？　ここは……？」

辺《あた》りを見回《みまわ》しながら歩《あゆ》みを進《すす》めるが、スネ夫《お》はまだ暗《くら》さに慣《な》れない。

「ジャイアン、早《はや》く出《で》ようよ……」

スネ夫《お》が後《あと》ずさったその時《とき》、後《うし》ろ向《む》きにつまずいて、でっぱりに乗《の》り上《あ》げた。

「うわっ！」

スネ夫《お》の声《こえ》に驚《おどろ》いて、ジャイアンも振《ふ》り返《かえ》る――と、暗《くら》い中《なか》ででっぱりが鈍《にぶ》く光《ひか》ったのが見《み》えた。

なんだこりゃ……。

ジャイアンが見上《みあ》げた目線《めせん》の先《さき》には、スーツ姿《すがた》の巨大《きょだい》なロボットらしきものがいて、スネ夫《お》が引《ひ》っかかったのはそのロボットのつま先《さき》だったらしい。

暗闇《くらやみ》の中《なか》で、黒《くろ》ずんだ顔《かお》の片目《かため》に単眼鏡《たんがんきょう》、そして口《くち》ひげのようなものが見《み》える。表情《ひょうじょう》のない顔《かお》は、よく見《み》るとシルクハットのようなものをかぶっていた。不気味《ぶきみ》な顔《かお》がこちらをにらみつけているようにも見《み》える。

「で、出《で》た〰〰〰っ！」

いつのまにかスネ夫《お》も一緒《いっしょ》に見《み》ていて、二人《ふたり》は同時《どうじ》に悲鳴《ひめい》を上《あ》げて逃《に》げ出《だ》す。そしてまた排気口《はいきこう》の中《なか》へ飛《と》び込《こ》んでいった。

＊　＊　＊

ドラえもんとのび太《た》、そしてしずかは、いつまで経《た》っても帰《かえ》ってこないジャイアンとスネ夫《お》を捜《さが》していた。

「ジャイア〜ン！」

「スネ夫《お》さぁ～ん！」

のび太《た》としずかの声《こえ》がなんでも館《かん》の中《なか》に響《ひび》き渡《わた》る。しかし返事《へんじ》はなかった。

いったいどこへ行《い》ったのだろう……。

のび太《た》が心配《しんぱい》していると、横《よこ》からドラえもんが言《い》った。

「発信器《はっしんき》があるから大丈夫《だいじょうぶ》だよ。ねえ、そんなのより鈴捜《すずさが》そうよ～」

ドラえもんは決《けっ》して心配《しんぱい》していないわけではない。ただ、本来《ほんらい》の目的《もくてき》である鈴《すず》を見《み》つけてから、心置《こころお》きなくジャイアンたちを捜《さが》したいのだ。それにいざとなれば、ガイドのクルトがいる。

そういえばクルトはトイレに行《い》くって言《い》ってたけど、ずいぶん遅《おそ》いな……。

ドラえもんがそう思《おも》った時《とき》、遠《とお》くで何《なに》かに目《め》がとまった。

「ん？」

視線《しせん》の先《さき》には、『ゴルゴンの首《くび》』のコーナーがあった。蛇《へび》の頭《あたま》がついた恐《おそ》ろしい顔《かお》をしていて、その目《め》から放《はな》たれる光《ひかり》を浴《あ》びると体《からだ》が固《かた》まってしまうという、少《すこ》し危険《きけん》なひみつ道具《どうぐ》だ。

目《め》の前《まえ》には初代《しょだい》の巨大《きょだい》な『ゴルゴンの首《くび》』から、現行品《げんこうひん》の四代目《よんだいめ》『ゴルゴンの首《くび》』までが、陳列《ちんれつ》されている。その三代目《さんだいめ》の少《すこ》し大《おお》きな『ゴルゴンの首《くび》』の口《くち》の中《なか》で、ドラえもんはキラッと光《ひか》るものに気《き》づいた。

「あっ、何《なに》か光《ひか》った！」

ひょっとしたら鈴《すず》かもしれない。ドラえもんは一目散《いちもくさん》に走《はし》っていく。あわててしずかも追《お》いかけた。

「何《なに》？　見《み》つけたの？」

「わかんないけど、何《なに》かあるみたい……」

ドラえもんはためらいなく、『ゴルゴンの首《くび》』の口《くち》に手《て》を突《つ》っ込《こ》んだ。

「ん……？　て、手《て》が抜《ぬ》けない……！」

ドラえもんの手《て》は何《なに》かに引《ひ》っかかっているようだ。必死《ひっし》に抜《ぬ》こうとするが、まったく動《うご》かない。

「う～っ、う～っ！　ニャ～っ！　ニャ～っ！」

ドラえもんはパニックになって、ネコ化《か》し始《はじ》めた。のび太《た》としずかも飛《と》びついて、ドラえもんの手《て》を引《ひ》き抜《ぬ》こうと手助《てだす》けする。

「よーいしょ！　よーいしょ！」

しかしまったく動《うご》かない。

と、その時《とき》だった。ドラえもんの手《て》の先《さき》がスイッチのようなものに当《あ》たって、カチリと押《お》される。

直後《ちょくご》、三人《さんにん》の足元《あしもと》に突然超空間《とつぜんちょうくうかん》の穴《あな》があいた。

「!?……」

のび太《た》としずかはとっさに穴《あな》のふちにつま先《さき》を引《ひ》っかけて耐《た》えようとするが、足《あし》がプルプルと震《ふる》えてどんどん体《からだ》が傾《かたむ》いていく。

その時《とき》、ドラえもんの手《て》が突《つ》っ込《こ》まれていた『ゴルゴンの首《くび》』が、突然《とつぜん》「ゲフッ」とゲップをした。その弾《はず》みですするりとドラえもんの手《て》が抜《ぬ》ける。

「うわあああっ!」

落下《らっか》していく三人《さんにん》の悲鳴《ひめい》を残《のこ》したまま、穴《あな》はあとかたもなく閉《と》じてしまった。

＊　＊　＊

ペプラー博士《はかせ》が小《ちい》さなピッチャーを逆《さか》さにして、紅茶《こうちゃ》にミルクを入《い》れる。しかしミルクはわずかに一滴落《いってきお》ちただけだった。

「お〜い、ジンジャー。ミルクが切《き》れた……」

「え〜もう、しょうがないわね〜」

ジンジャーはやれやれと立《た》ち上《あ》がって、壁《かべ》の方《ほう》へ向《む》かう。

「待《ま》ってて。調達《ちょうたつ》してくるから」

パネルを操作《そうさ》すると、壁《かべ》に扉《とびら》が浮《う》かび上《あ》がった。現《あらわ》れた扉《とびら》をカチャッと開《あ》ける。

「いってきま〜……す」

部屋《へや》から飛《と》び出《だ》したとたん、何《なに》か気配《けはい》がした。横《よこ》をチラリと見《み》ると、ここにいるはずのない青《あお》いネコ型《がた》ロボットと子《こ》どもが二人《ふたり》、こちらを見《み》ている。

ドラえもんとのび太《た》、しずかだった。

三人《さんにん》は超空間《ちょうくうかん》の穴《あな》に落《お》ちた後《あと》、地下《ちか》の通路《つうろ》に滑《すべ》り出《で》て、「ここはどこだ？」と辺《あた》りを見《み》回《まわ》していたところだった。

「わあああああっ!!」

ジンジャーとドラえもんたちは驚《おどろ》いて同時《どうじ》に大声《おおごえ》を上《あ》げた。

ジンジャーはあわてて扉《とびら》を閉《し》める。同時《どうじ》に壁《かべ》から扉《とびら》も消《き》えた。心《こころ》を落《お》ち着《つ》けると、ジンジャーはのんびり紅茶《こうちゃ》を飲《の》んでいるクルトに向《む》かって叫《さけ》んだ。

「ちょっとクルト！　あんたのお客《きゃく》が地下《ちか》に来《き》てるわよ！」

ジンジャーはここからクルトの仕事《しごと》ぶりを観察《かんさつ》して、ドラえもんたちの姿《すがた》を知《し》っていたらしい。

それを聞《き》いたクルトはブーッと紅茶《こうちゃ》を盛大《せいだい》に噴《ふ》いて、「えええっ⁉」と振《ふ》り返《かえ》る。さらにもう一度《いちど》「えええっ⁉」と、腰《こし》のポーチからタブレット端末《たんまつ》を取《と》り出《だ》した。画面《がめん》にはドラえもんたちがなんでも館《かん》にいないことが表示《ひょうじ》されている。

「わ〜っ、み、みんな変《へん》なところにいる〜っ！」

クルトはあわてて立《た》ち上《あ》がって出《で》ていこうとするが、ジンジャーは「こっちはダメ！　あっち！」と制《せい》して、反対側《はんたいがわ》の壁《かべ》を指《ゆび》さす。

クルトは急《いそ》いで反対側《はんたいがわ》に向《む》かい、パネルを操作《そうさ》し始《はじ》めた。

＊　＊　＊

その頃《ころ》、再《ふたた》び排気口《はいきこう》に飛《と》び込《こ》んだジャイアンとスネ夫《お》は、狭《せま》いダクトの中《なか》を四《よ》つん這《ば》いで移動《いどう》していた。

「さっきのスーツのヤツ、もしかしてあれが博物館《ミュージアム》の怪人《かいじん》か？」

ジャイアンが前《まえ》を進《すす》みながら尋《たず》ねる。

「怪人《かいじん》？　怪盗《かいとう》ＤＸ《デラックス》のほうかもしれないよ」

スネ夫《お》が後《うし》ろから答《こた》える。

「それか二人《ふたり》は同一人物《どういつじんぶつ》かもしれないし……」

もう一《ひと》つの可能性《かのうせい》を考《かんが》えていると、目《め》の前《まえ》を進《すす》んでいるジャイアンの巨大《きょだい》なお尻《しり》がピタッと止《と》まった。

「シッ」

ジャイアンは振《ふ》り返《かえ》って、口《くち》の前《まえ》で人差《ひとさ》し指《ゆび》を立《た》てる。

「え？　何《なに》？」

どうやら柵《さく》があって行《い》き止《ど》まりらしい。ダクトはギリギリ二人《ふたり》が通《とお》れる幅《はば》なので、スネ夫《お》は進《すす》んでいって、ジャイアンと並《なら》んで柵《さく》の間《あいだ》からその先《さき》をのぞきこんだ。

そこは小《ちい》さな部屋《へや》だった。二人《ふたり》は天井近《てんじょうちか》くの少《すこ》し高《たか》いところから見下《みお》ろしていて、誰《だれ》かが机《つくえ》に向《む》かって作業《さぎょう》をしている後《うし》ろ姿《すがた》が見《み》える。二人《ふたり》はその後《うし》ろ姿《すがた》に見覚《みおぼ》えがあった。

フィークス館長《かんちょう》だ。

館長《かんちょう》は「フフフ」と不気味《ぶきみ》に笑《わら》いながら、目《め》の前《まえ》の装置《そうち》に向《む》かっている。

「あと少《すこ》しだ……。あと四《よっ》つ……、あと四《よっ》つで……フフフフフ」

暗《くら》い部屋《へや》に響《ひび》いていく館長《かんちょう》の低《ひく》い笑《わら》い声《ごえ》に、ジャイアンは動《うご》けなくなる。スネ夫《お》は恐《おそ》ろしさのあまり、ジャイアンにしがみついた。

その時《とき》、スネ夫《お》のトレードマークのトンガリ髪《がみ》が、ジャイアンの鼻《はな》をこすってしまった。

「ふぁ……ふぁ……」

ジャイアンは鼻《はな》のムズムズに我慢《がまん》できず、くしゃみの予備動作《よびどうさ》を始《はじ》める。あわててスネ夫《お》はジャイアンの口《くち》を押《お》さえようとするが――遅《おそ》かった。

「クシャン！」

くしゃみの音《おと》がダクトに響《ひび》き渡《わた》る。

「誰《だれ》だ！」

館長《かんちょう》は、ビクッと身《み》を震《ふる》わせて振《ふ》り返《かえ》る。しかし部屋《へや》には誰《だれ》もいない。

「誰《だれ》だ……。誰《だれ》かそこにいるのか……？」

館長《かんちょう》はまっすぐにダクトを見《み》つめていた。ここは何《なに》しろひみつ道具博物館《どうぐミュージアム》だ。誰《だれ》かが体《からだ》を小《ちい》さくして忍《しの》び込《こ》んでいても不思議《ふしぎ》ではない。

「出《で》てこい！」

と、ダクト内《ない》で体《からだ》を伏《ふ》せて隠《かく》れている二人《ふたり》のもとへ近《ちか》づいてくる。

するとスネ夫《お》がとっさに顔《かお》を上《あ》げて、唇《くちびる》をとがらせた。

「チュー、チュー、チュー……」

ネズミの鳴《な》き真似《まね》だった。

そのリアルな声《こえ》に、館長《かんちょう》はフッと息《いき》をつく。

「なんだ、ネズミか……」

ネズミ嫌《ぎら》いのドラえもんをイタズラで怖《こわ》がらせるために練習《れんしゅう》していたのが役《やく》に立《た》ったようだ。

館長《かんちょう》が安心《あんしん》したように振《ふ》り返《かえ》り、再《ふたた》び椅子《いす》に座《すわ》った、その時《とき》だった。

ビー！　ビー！　ビー！

今度《こんど》は部屋《へや》に大音量《だいおんりょう》の警戒《けいかい》ブザーが響《ひび》き渡《わた》る。

「わ〜〜っ！」

フィークス館長《かんちょう》は椅子《いす》から跳《と》び上《あ》がった。ジャイアンとスネ夫《お》も驚《おどろ》いたが、必死《ひっし》に声《こえ》を抑《おさ》える。

「な、なんだ⁉」

モニタを見《み》ると、地下室《ちかしつ》で異常《いじょう》があったことを知《し》らせる表示《ひょうじ》が光《ひか》っている。

「地下《ちか》に侵入者《しんにゅうしゃ》が……！」

館長《かんちょう》は立《た》ち上《あ》がり、あわてて部屋《へや》を飛《と》び出《だ》していく。

その足音《あしおと》が遠《とお》くなっていくのを確認《かくにん》すると、ジャイアンとスネ夫《お》は通《とお》ってきたダクトを急《いそ》いで引《ひ》き返《かえ》して行《い》った。

06 太《たい》陽《よう》製《せい》造《ぞう》機《き》

地下《ちか》の侵入者《しんにゅうしゃ》――。

それはドラえもんとのび太《た》、そしてしずかだった。

館長室《かんちょうしつ》に警戒《けいかい》ブザーが響《ひび》き渡《わた》る少《すこ》し前《まえ》、ドラえもんたちは、謎《なぞ》の女《おんな》の子《こ》と鉢合《はちあ》わせした地下《ちか》の通路《つうろ》を先《さき》に進《すす》んでいた。

やがて三人《さんにん》は、広《ひろ》いフロアにたどり着《つ》く。そこはたくさんの重厚《じゅうこう》な機械《きかい》が設置《せっち》された、ドーム状《じょう》の空間《くうかん》だった。ドームの真《ま》ん中《なか》には巨大《きょだい》な機械《きかい》があり、真《ま》っ赤《か》に輝《かがや》く球体《きゅうたい》が浮《う》いている。

「な、なんだ……これは……」

ドラえもんが呆然《ぼうぜん》と見《み》つめる。

「……すごい……」

のび太《た》も真《ま》っ赤《か》な球体《きゅうたい》を見《み》つめているが、その姿《すがた》には見覚《みおぼ》えがあった。ついさっき、どこかで似《に》たものを見《み》たような……たしか宇宙館《うちゅうかん》で……。

のび太《た》がもう少《すこ》し近《ちか》づこうと一歩《いっぽ》踏《ふ》み出《だ》した時《とき》、突然《とつぜん》大音量《だいおんりょう》で警戒音《けいかいおん》が鳴《な》り響《ひび》いた。警《けい》報機《ほうき》のレーダーに引《ひ》っかかってしまったらしい。

「なんだなんだ⁉」

赤《あか》いランプが点滅《てんめつ》を繰《く》り返《かえ》すなか、のび太《た》はあわてて見回《みまわ》す。

「警報機《けいほうき》が作動《さどう》したみたいだ」

警戒《けいかい》した顔《かお》つきでドラえもんも見回《みまわ》す。

「ど、ど、どうしようドラえもん」

のび太《た》がドラえもんにしがみついたその時《とき》、頭上《ずじょう》で足音《あしおと》が聞《き》こえた。

「そこで何《なに》をしている！　ここは立入禁止《たちいりきんし》だぞ！」

三人《さんにん》が見上《みあ》げると、壁《かべ》から突《つ》き出《で》た足場《あしば》からフィークス館長《かんちょう》がこちらを見下《みお》ろしていた。

「フィークス館長《かんちょう》！」

「あなたたちは……」

館長《かんちょう》はドラえもんたちに気《き》づいたらしい。腕時計型《うでどけいがた》の端末《たんまつ》を操作《そうさ》すると、警報機《けいほうき》の音《おと》やランプの点滅《てんめつ》が止《と》まった。

三人《さんにん》はホッと安堵《あんど》する。

「すみません、館長《かんちょう》。道《みち》に迷《まよ》ってしまって……」

しずかは、足場《あしば》をエレベーターのように動《うご》かして降《お》りてくる館長《かんちょう》に向《む》かって謝《あやま》った。

「クルトはどうしたんですか？」

館長《かんちょう》が尋《たず》ねるが、三人《さんにん》は「わからない」というように顔《かお》を見合《みあ》わせる。

「あいつめ、またサボってるのか……」

館長《かんちょう》はやれやれと額《ひたい》に手《て》をやる。

「それより館長《かんちょう》、なんですか、この機械《きかい》は？」

ドラえもんが真《ま》っ赤《か》な球体《きゅうたい》を指《ゆび》さして尋《たず》ねた。

「これですか……。これは太陽《たいよう》の一生《いっしょう》を再現《さいげん》するための道具《どうぐ》、『太陽製造機《たいようせいぞうき》』のプロトタイプです」

『太陽製造機《たいようせいぞうき》？』

のび太《た》は聞《き》きながらも思《おも》い出《だ》す。

そうだ、宇宙館《うちゅうかん》で見《み》た太陽《たいよう》のホログラムにそっくりなのだ。でも、太陽《たいよう》を製造《せいぞう》するとは一体《いったい》どういうことなのだろう……。

「『どこでもドア』を作《つく》ったハルトマン博士《はかせ》と、その共同研究者《きょうどうけんきゅうしゃ》であったペプラー博士《はかせ》が、共《とも》に開発《かいはつ》していたものです」

館長《かんちょう》は目《め》の前《まえ》に浮《う》かんでいる人工的《じんこうてき》に作《つく》られた太陽《たいよう》をじっと見《み》つめる。太陽《たいよう》は時々《ときどき》その炎《ほのお》をゆらゆらと揺《ゆ》らしていた。

「ですが、その開発中《かいはつちゅう》にペプラー博士《はかせ》が重大《じゅうだい》なミスを犯《おか》してしまったのです。そのミスにより、人工太陽《じんこうたいよう》は巨大化《きょだいか》に向《む》けて暴走《ぼうそう》を始《はじ》めたのです。幸《さいわ》い、太陽《たいよう》の巨大化《きょだいか》はハルトマン博士《はかせ》の処置《しょち》により、一時的《いちじてき》にではありますが進行《しんこう》を止《と》めることができました。ですが、事件《じけん》の元凶《げんきょう》となったペプラー博士《はかせ》は道具職人《どうぐしょくにん》の免許《めんきょ》を剥奪《はくだつ》され、この島《しま》から永久追放処分《えいきゅうついほうしょぶん》となったのです……」

しみじみと館長《かんちょう》はつぶやく。のび太《た》はじっと話《はなし》を聞《き》いていた。

そんなに偉《えら》い博士《はかせ》でもミスをすることがあるんだな、と。

「その後《ご》、ハルトマン博士《はかせ》はその事故《じこ》によって偶然生《ぐうぜんう》まれた特殊《とくしゅ》な金属《きんぞく》を発見《はっけん》し、それを研究《けんきゅう》、改良《かいりょう》して『フルメタル』を開発《かいはつ》しました。彼《かれ》はその『フルメタル』で完全《かんぜん》なブロックシステムを作《つく》り、この『太陽製造機《たいようせいぞうき》』を永久《えいきゅう》に封《ふう》じ込《こ》めることに成功《せいこう》したのです。以来《いらい》、『フルメタル』はほとんどのひみつ道具《どうぐ》に使《つか》われるようになり、ハルトマン博士《はかせ》は人々《ひとびと》から絶大《ぜつだい》な評価《ひょうか》を得《え》ることとなったのです」

のび太《た》は聞《き》きながら、博物館《ミュージアム》のエントランスホールに建《た》てられていたハルトマン博士《はかせ》の銅像《どうぞう》を思《おも》い出《だ》す。その手《て》には正十二面体《せいじゅうにめんたい》の宝石《ほうせき》のようなものが浮《う》いていた。おそらくあれが『フルメタル』なのだろう。クルトのおじいさんは予想以上《よそういじょう》にすごい人《ひと》だった。

でも……。

と、のび太《た》が気《き》になったのと同《おな》じことをしずかも気《き》になったらしい。館長《かんちょう》に尋《たず》ねる。

「追放《ついほう》されたペプラー博士《はかせ》はどうなったんですか？」

「さあ……、どこでどうしているのやら……」

館長《かんちょう》は肩《かた》をすくめて首《くび》を振《ふ》った。

その時《とき》、館長《かんちょう》の視界《しかい》の隅《すみ》に人影《ひとかげ》が見《み》えた。こそこそと入《はい》ってきたのは、端末《たんまつ》でドラえもんたちの位置《いち》を特定《とくてい》し、追《お》いかけてきたクルトだった。

＊＊＊

のび太《た》たちが『太陽製造機《たいようせいぞうき》』を前《まえ》に、館長《かんちょう》と話《はなし》をしていたその時《とき》――、

「ハックション！」

大《おお》きなくしゃみを放《はな》ったのは、話題《わだい》の人物《じんぶつ》、ペプラー博士《はかせ》だった。

そのくしゃみの飛沫《しぶき》が飛《と》び散《ち》る前《まえ》に、ジンジャーが目《め》の前《まえ》のケーキの残《のこ》りをとっさによける。

「ん～？　風邪《かぜ》ひいたかな？」

ペプラー博士《はかせ》は鼻《はな》をこするが、ジンジャーは、「ナントカは風邪《かぜ》をひかない、ってね」としれっと言《い》った。ナントカのところに入《はい》るのは悪口《わるぐち》に違《ちが》いない。

ムッと振《ふ》り返《かえ》るペプラー博士《はかせ》だったが、強《つよ》くは否定《ひてい》できない自分《じぶん》がいた。

かつてペプラー博士《はかせ》はハルトマン博士《はかせ》と実験《じっけん》していた時《とき》に、重大《じゅうだい》なミスをしていた。

あれは『太陽製造機《たいようせいぞうき》』の開発《かいはつ》をしていた時《とき》だった。自慢《じまん》のコーヒーを入《い》れたペプラー博士《はかせ》は、ハルトマン博士《はかせ》に手渡《てわた》そうとして手《て》が滑《すべ》り、コーヒーを精密機械《せいみつきかい》の上《うえ》にぶちまけてしまったのだ。案《あん》の定《じょう》、『太陽製造機《たいようせいぞうき》』は暴走《ぼうそう》を始《はじ》めて、赤色巨星《せきしょくきょせい》という肥大化《ひだいか》した太《たい》陽《よう》を作《つく》り始《はじ》めた。このままでは研究所《けんきゅうじょ》だけでなく、島全体《しまぜんたい》が溶《と》けてしまう……！

必死《ひっし》に制御《せいぎょ》しようとした二人《ふたり》だったが、あろうことか加《くわ》えてペプラー博士《はかせ》が上方《じょうほう》のパネルを操作《そうさ》しようと移動《いどう》した時《とき》に、車椅子《くるまいす》をケーブルに引《ひ》っかけ、すべての電源《でんげん》を落《お》としてしまったのだ――。

ペプラー博士《はかせ》は思《おも》う。

その後《ご》、ハルトマン博士《はかせ》は『フルメタル』を発見《はっけん》して名声《めいせい》を手《て》に入《い》れた。それに引《ひ》き換《か》え自分《じぶん》はどうだ……。博物館《ミュージアム》の地下《ちか》でこそこそと研究《けんきゅう》を続《つづ》けている。だからこそ、なんとしても『ペプラーメタル』の成功《せいこう》は必要《ひつよう》なのだ。

ペプラー博士《はかせ》ははなをすすりながら、深《ふか》くうなずいた。

＊　＊　＊

「バッカモン！」

館長《かんちょう》の雷《かみなり》がクルトに落《お》ちた。クルトは思《おも》わず首《くび》をすくめる。

「お客様《きゃくさま》をほっぽり出《だ》して、どこへ行《い》ってたんだ！」

「す、すみません。ちょっと長《なが》めのトイレに……」

クルトはモジモジと答《こた》える。ジンジャーとペプラー博士《はかせ》とケーキを食《た》べていたとは、口《くち》が裂《さ》けても言《い》えなかった。

「まったくお前《まえ》は……。ちょっと目《め》を離《はな》すとすぐサボりおって……」

館長《かんちょう》があきれながら説教《せっきょう》を続《つづ》ける。

その様子《ようす》を見守《みまも》っていたドラえもんたちだったが、ふと何《なに》かの音《おと》に気《き》づいた。

ガン、ガン！　と聞《き》こえる金属音《きんぞくおん》が、部屋《へや》の隅《すみ》の柱《はしら》から聞《き》こえてきた。

「なんの音《おと》？」

「あっちの方《ほう》からだ」

ドラえもんたちが近《ちか》づくと、柱《はしら》の下《した》の部分《ぶぶん》の壁《かべ》がバキッと外《はず》れた。中《なか》から小《ちい》さくなった
ジャイアンとスネ夫《お》が転《ころ》がり出《で》てくる。

「で、出《で》られた～」

スネ夫《お》がぐったりして倒《たお》れ込《こ》む。

のび太《た》たちはあわてて駆《か》け寄《よ》って、「ジャイアン⁉」「スネ夫《お》？」と声《こえ》をかけた。

「お～、みんな～」

ジャイアンは体《からだ》を起《お》こして三人《さんにん》を見上《みあ》げる。

「どうしたの、そんなに小《ちい》さくなっちゃって……」

しずかの問《と》いに、スネ夫《お》がくたくたな様子《ようす》で答《こた》える。

「なんか変《へん》なトンネルに入《はい》ったら……」

「こんなんなっちまって……ってなんじゃこりゃあ！」

ジャイアンはドラえもんたちの後《うし》ろを見《み》て驚《おどろ》く。『太陽製造機《たいようせいぞうき》』に気《き》づいたのだ。

「ああ、これは……」

のび太《た》が説明《せつめい》しようとした時《とき》、後《うし》ろから「一体《いったい》どうしたんですか？」と館長《かんちょう》とクルトがやってきて、ジャイアンたちをのぞき込《こ》んだ。

「！」

ジャイアンとスネ夫《お》は館長《かんちょう》を見《み》て思《おも》わず身《み》をかたくする。先《さき》ほど見《み》た、館長《かんちょう》の怪《あや》しげな行動《こうどう》を思《おも》い出《だ》したのだ。

しかし館長《かんちょう》はそうとは知《し》らず、心配《しんぱい》そうに二人《ふたり》を見《み》つめる。

「ああ、『ガリバートンネル』にでも入《はい》ってしまったんですかな？　あいにくあれは定期《ていき》点検《てんけん》に出《だ》してしまって、しばらく戻《もど》らないんです」

困《こま》ったように館長《かんちょう》は考《かんが》える。

「『ビッグライト』も盗《ぬす》まれちゃったし……」

クルトが言《い》うと、ドラえもんが思《おも》いついて微笑《ほほえ》んだ。

「じゃあボクの道具《どうぐ》で元《もと》に……」

そう言《い》いながらポケットに手《て》を差《さ》し入《い》れる――と、ドラえもんも忘《わす》れていたのか、手《て》に激痛《げきつう》が走《はし》った。ポケットの中《なか》でスッポンロボが噛《か》みついたのだ。

「って――――っ！　あだだだだだ！」

ドラえもんは跳《は》ね上《あ》がって、赤《あか》くなった手《て》の先《さき》にふーふーと息《いき》を吹《ふ》きかける。

「ダメだ。スッポンロボが住《す》みついてるから、ポケットが使《つか》えないよ～」

ドラえもんは申《もう》し訳《わけ》なさそうに、小《ちい》さなジャイアンとスネ夫《お》を見《み》やる。

「ええ～!?」

「そんなもん、どこで拾《ひろ》ったんだよ！」

スネ夫《お》とジャイアンは嘆《なげ》く。

「もぉ～！　鈴《すず》はなくすわ、ポケットは使《つか》えないわ、ドラえもんダメダメじゃん！」

スネ夫《お》がいつものように鋭《するど》くイヤミを飛《と》ばす。

「トホホ～」

ドラえもんはうなだれるしかなかった。

のび太《た》がしゃがんで、ドラえもんの肩《かた》に手《て》を置《お》く。

「元気出《げんきだ》せよ、ドラえもん」

「ありがとう……。ダメダメなのび太《た》くんの気持《きも》ちが、今《いま》やっとわかったような気《き》がするよ」

ドラえもんは涙《なみだ》ぐみながら、小《ちい》さく首《くび》を振《ふ》る。

「……なんか気分悪《きぶんわる》いな」

のび太《た》が機嫌《きげん》を損《そこ》なったその時《とき》、辺《あた》りに音楽《おんがく》が流《なが》れ始《はじ》めた。『蛍《ほたる》の光《ひかり》』だ。

「ああ、閉館《へいかん》の時間《じかん》だ」

館長《かんちょう》が言《い》うと、ドラえもんは「ええっ」とあわてる。

「でもまだボクの鈴《すず》が……」

そう、ドラえもんの当初《とうしょ》の目的《もくてき》である鈴《すず》の捜索《そうさく》は何一《なにひと》つ進《すす》んでいないのだ。すると館長《かんちょう》が思《おも》い出《だ》したように告《つ》げる。

「ああ、鈴《すず》といえば博物館《ミュージアム》の警備《けいび》システムを見《み》てきましたよ」

「それで?」

ドラえもんは期待《きたい》を込《こ》めて顔《かお》を上《あ》げた。

「どこにも異常《いじょう》はありませんでした」

「そんな……」

ドラえもんががっかりしたのもつかの間《ま》、館長《かんちょう》はアゴに手《て》をやって辺《あた》りを鋭《するど》い目《め》で見回《みまわ》す。

「しかしDX《デラックス》のことです。システムに感知《かんち》されないように、何《なに》か細工《さいく》をしているのかもしれません。とにかくもう閉館《へいかん》です。また明日《あした》お越《こ》しください」

館長《かんちょう》は思《おも》わせぶりに言《い》うが、ジャイアンとスネ夫《お》は館長《かんちょう》を怪《あや》しむ目《め》で見《み》ていた。先《さき》ほど見《み》たことを思《おも》うと、何《なに》から何《なに》まですべて嘘《うそ》のように感《かん》じてしまう。

「あ〜、家《いえ》に帰《かえ》らなきゃ」

「宿題《しゅくだい》もあるし……」

のび太《た》としずかが顔《かお》を見合《みあ》わせる。

するとドラえもんはその場《ば》で倒《たお》れ込《こ》んでバタバタと駄々《だだ》をこね始《はじ》めた。

「ヤダヤダ！　鈴《すず》を見《み》つけるまでは帰《かえ》らない〜っ！」

ドラえもんの様子《ようす》に、館長《かんちょう》が助《たす》け船《ぶね》を出《だ》す。

「大丈夫《だいじょうぶ》ですよ、あの招待状《しょうたいじょう》で帰《かえ》れば、出発《しゅっぱつ》した時間《じかん》に戻《もど》れますから」

「ホントですか？」

しずかが嬉《うれ》しそうに尋《たず》ねる。どうやら招待状《しょうたいじょう》には時間《じかん》を行《い》き来《き》する機能《きのう》もついているらしい。館長《かんちょう》は「ええ」とうなずく。

「じゃあ何日《なんにち》でも思《おも》い切《き》り遊《あそ》べるんだ！」

のび太《た》が目《め》を輝《かがや》かせると、ドラえもんはグッとのび太《た》に頬《ほお》を寄《よ》せてにらみつける。

「鈴《すず》を捜《さが》すの！」

のび太《た》は「へへへ……」と目《め》をそらす。

館長《かんちょう》は、胸《むね》ポケットから端末《たんまつ》を取《と》り出《だ》して操作《そうさ》を始《はじ》める。

「あ～、博物館《ミュージアム》のホテルは満室《まんしつ》ですね……。クルト、お前《まえ》の家《いえ》に泊《と》めてさし上《あ》げなさい」

急《きゅう》に水《みず》を向《む》けられたクルトは「ええっ⁉」と驚《おどろ》いて、モジモジと指《ゆび》を動《うご》かす。

「いや……あの、ボクはジンジャーと夕食《ゆうしょく》を……」

「なんだって？」

館長《かんちょう》が尋《たず》ねると、「い、いえ……なんでもありません」とクルトはごまかした。

ジンジャーにあとで謝《あやま》っておかなきゃとクルトはこっそり思《おも》った。

＊＊＊

その数分後《すうふんご》、ドラえもんたちは連《つ》れだって、クルトの家《いえ》へ向《む》かって歩《ある》いていた。

クルトは帰《かえ》り際《ぎわ》に見《み》つけた『クルクック』を腰《こし》のポーチにしまいこむ。

「博物館《ミュージアム》の怪人《かいじん》？」

クルトが尋《たず》ねると、のび太《た》たちは口々《くちぐち》に答《こた》える。

「そう、見《み》たんだよ！」

「オレたちも見《み》た！」

小《ちい》さいままのジャイアンとスネ夫《お》は、ドラえもんの頭《あたま》の上《うえ》に乗《の》っている。

「壁《かべ》にいきなりドアが現《あらわ》れて……」

「女《おんな》の子《こ》が出《で》てきたの」

のび太《た》としずかが言《い》っているのはジンジャーのことだろう。クルトは思《おも》わず黙《だま》り込《こ》む。

「女《おんな》の子《こ》？」

「オレたちが見《み》たのはスーツの男《おとこ》だったぜ」

スネ夫《お》とジャイアンは暗《くら》い部屋《へや》で見《み》た怪《あや》しげな影《かげ》について語《かた》る。

「えー何《なに》それ？」

「ホントに見《み》たの？」

のび太《た》たちがあれやこれやと話《はな》している間《あいだ》、ドラえもんは島《しま》の町並《まちな》みを見回《みまわ》した。

古《ふる》めかしい町並《まちな》みの向《む》こうに海《うみ》が見《み》え、その向《む》こうには二十二世紀《にじゅうにせいき》の近代的《きんだいてき》なビル群《ぐん》が見《み》えている。ここは本当《ほんとう》に不思議《ふしぎ》な島《しま》だ。

のび太《た》たちの会話《かいわ》を聞《き》きながら先《さき》を歩《ある》いていたクルトは、たまらず振《ふ》り返《かえ》った。

「か、怪人《かいじん》なんてただのウワサだよ。誰《だれ》から聞《き》いたの、そんなこと？」

「いや、絶対見《ぜったいみ》たんだ」

のび太《た》は力強《ちからづよ》く言《い》うが、「きっと迷子《まいご》になった他《ほか》のお客《きゃく》だよ」とクルトは反論《はんろん》する。

「そうかしら……」

しずかも釈然《しゃくぜん》としない様子《ようす》でつぶやく。

「そうに決《き》まってるよ。ハハハハ……」

クルトは笑《わら》ってごまかした。

そんなクルトをじっと見《み》ていたのはスネ夫《お》だった。スネ夫《お》はいぶかしげな様子《ようす》で、クルトの作《つく》り笑《わら》いを見《み》つめている。

すると隣《となり》でジャイアンが口《くち》を開《ひら》いた。

「それからさあ、オレたち見《み》ちゃったんだけどさあ……」

その瞬間《しゅんかん》、「ジャイアン」とスネ夫《お》は横《よこ》からジャイアンの発言《はつげん》を止《と》めた。

「ん?」

不思議《ふしぎ》そうに見《み》やるジャイアンの耳《みみ》に口《くち》を寄《よ》せ、スネ夫《お》は小《ちい》さい声《こえ》で話《はな》す。

「館長《かんちょう》のことはまだ黙《だま》ってた方《ほう》がいいよ」

「なんでだよ」

やはりジャイアンはフィークス館長《かんちょう》のことをみんなに話《はな》そうとしていたようだ。

「クルトが館長《かんちょう》とどうつながってるかわからないし、もしも仲間《なかま》だったらヤバいでしょ」

スネ夫《お》はクルトの後《うし》ろ姿《すがた》をにらむ。

ジャイアンにもスネ夫《お》の思惑《おもわく》が伝《つた》わったらしい。

「そ、そうか。なるほど……」

すると二人《ふたり》の下《した》から、ドラえもんが声《こえ》をかけた。

「何《なに》、ゴニョゴニョ言《い》ってるの?」

ジャイアンたちが小《ちい》さかったことが幸《さいわ》いだったのか、二人《ふたり》の会話《かいわ》は聞《き》こえていなかったようだ。

「とにかく！　この博物館《ミュージアム》はなんか怪《あや》しい！」

「そうそう！」

ジャイアンとスネ夫《お》の言葉《ことば》に、クルトが「そうかなあ……」とつぶやきながら、六人《ろくにん》は町《まち》の階段《かいだん》を下《お》りていく。

いつのまにか陽《ひ》は落《お》ち始《はじ》め、夕焼《ゆうや》けが優《やさ》しく町《まち》を照《て》らしていた――。

07 クルトの発明品《はつめいひん》

辺《あた》りが暗《くら》くなり、街灯《がいとう》がつき始《はじ》めたころ、クルトの家《いえ》に着《つ》いた。

「ここがボクの家《いえ》だよ」

クルトの家《いえ》は屋根《やね》に丸《まる》みがある、木造《もくぞう》のおしゃれな建物《たてもの》だった。

五人《ごにん》は、「おじゃましま〜す！」と中《なか》へ入《はい》る。パッと自動的《じどうてき》に電気《でんき》がつくと、のび太《た》たちは「わあ……」と声《こえ》を上《あ》げた。

広《ひろ》いリビングには、所狭《ところせま》しといろいろなひみつ道具《どうぐ》らしきものが置《お》かれていて、雑多《ざった》な作業場《さぎょうば》のようだった。のび太《た》はほれぼれと見回《みまわ》す。

「これ、全部《ぜんぶ》クルトが作《つく》ったの？」

「うん！　どれも世界《せかい》に一《ひと》つしかないボクの道具《どうぐ》だよ！」

クルトが嬉《うれ》しそうに紹介《しょうかい》すると、ドラえもんの頭《あたま》の上《うえ》にいるジャイアンが思《おも》いついたように尋《たず》ねた。

「オレたちを元《もと》のサイズに戻《もど》す道具《どうぐ》とかねえのか？」

するとクルトは「う〜ん、そうだなあ……」と考《かんが》えながら歩《ある》いて、足元《あしもと》の段《だん》ボールの前《まえ》に身《み》をかがめる。中《なか》をごそごそとあさると、

「あ、これは……」

ライト型《がた》のひみつ道具《どうぐ》を手《て》に取《と》った。その見覚《みおぼ》えのある形《かたち》に、一同《いちどう》は思《おも》わず顔《かお》をほころばせる。

「『ビッグライト』？」

ドラえもんが近《ちか》づいて、ライト型《がた》のひみつ道具《どうぐ》を受《う》け取《と》る。

「……を改造《かいぞう》したもので」

クルトがもにょもにょと的《まと》を射《い》ない言《い》い方《かた》をしている間《あいだ》に、ドラえもんは頭《あたま》の上《うえ》の二人《ふたり》に向《む》かってピカッとライトの光《ひかり》を当《あ》てた。

ジャイアンとスネ夫《お》は両手《りょうて》を上《あ》げて、全身《ぜんしん》に光《ひかり》を浴《あ》びる。

これで体《からだ》が元《もと》の大《おお》きさに戻《もど》……らなかった。

突然《とつぜん》、ボン！　ボン！　とジャイアンの両耳《りょうみみ》とスネ夫《お》のトレードマークのトンガリ髪《がみ》の頭《あたま》が大《おお》きくなったのだ。

「⁉」

「なんだこれ⁉」

二人《ふたり》が驚《おどろ》いたはずみで、ドラえもんはライトを傾《かたむ》けてしまい、光《ひかり》を自分《じぶん》の頭《あたま》に浴《あ》びせることになった。するとドラえもんの頭《あたま》だけが、ボン！　とまたもや巨大化《きょだいか》してしまい、その重《おも》さに耐《た》えられずに、ドラえもんはよろけてゴロゴロと転《ころ》がり出《だ》した。

ドシーン！　と大《おお》きな音《おと》を立《た》てて、ドラえもんはクルトの部屋《へや》の隅《すみ》の荷物置《にもつお》き場《ば》に突《つ》っ込《こ》む。

クルトはライト型《がた》のひみつ道具《どうぐ》を手《て》に取《と》って、申《もう》し訳《わけ》なさそうに言《い》う。

「変《へん》なところが大《おお》きくなって、ビックリするから『ビックリライト』……！」

それを聞《き》いたのび太《た》やしずか、ドラえもんたちは一斉《いっせい》にズコー！　と、ずっこけるしかなかった……。

＊　＊　＊

なんとか『ビックリライト』の効《き》き目《め》を消《け》すことにも成功《せいこう》し、元《もと》に戻《もど》ったドラえもんはぐったりと机《つくえ》につっぷしている。相変《あいか》わらずジャイアンとスネ夫《お》は小《ちい》さいままだった。

するとその時《とき》、部屋《へや》の隅《すみ》のロッカーの中《なか》からドン！　と叩《たた》くような音《おと》が聞《き》こえた。

一同《いちどう》が振《ふ》り返《かえ》ると、クルトが「あ、ゴメン。今出《いまだ》すよ！」と駆《か》け寄《よ》っていく。ロッカーの前《まえ》にたどり着《つ》くや否《いな》や、その扉《とびら》が勢《いきお》いよく開《ひら》いてクルトは思《おも》わずのけぞった。

「のわっ！」

ロッカーの中《なか》は超空間《ちょうくうかん》の庭《にわ》のようになっていた。クルトは派手《はで》な音《おと》を立《た》てて、そのまま後《うし》ろに倒《たお》れこむ。

「あはは、よせよポポン、くすぐったい」

クルトは笑《わら》いながら、地面《じめん》に座《すわ》って何《なに》かとじゃれ合《あ》っていた。

キューキューと可愛《かわい》い声《こえ》をあげつつ、クルトの体《からだ》を這《は》い回《まわ》って遊《あそ》んでいるのは、柔《やわ》らかいスライムのような半透明《はんとうめい》の体《からだ》をした生《い》き物《もの》だった。うっすらとピンクがかっているようで、どこか花《はな》びら餅《もち》にも似《に》ている。

「ポポン、今日《きょう》はお客《きゃく》さんが来《き》てるんだよ」

クルトがのび太《た》たちを指《ゆび》さす。

「キュイーン」

ポポンと呼《よ》ばれたその生《い》き物《もの》は、しずかの方《ほう》へ飛《と》んでいく。どうやら空《そら》も飛《と》べるらしい。

ポポンはしずかのまわりをふわふわと飛《と》び始《はじ》めた。

「かわいい！　ポポンちゃんていうの？」

「キュー！」

ポポンは嬉《うれ》しそうにしずかの手《て》の上《うえ》に乗《の》った。

「いつもポンポン弾《はず》んでボクの後《あと》についてくるから、ポポンさ！」

するとポポンはすぐさまクルトの方《ほう》へ戻《もど》って、たしかに頭《あたま》の上《うえ》でポンポンと跳《は》ねる。

「あんまりしつこいから、出《で》かける時《とき》はあの中《なか》で遊《あそ》ばせておくんだけど、それでも抜《ぬ》け出《だ》して博物館《ミュージアム》までついてきちゃうこともあるんだ！」

「キュキュー！」

クルトが話《はな》している間《あいだ》も、ポポンは絶《た》えず動《うご》き続《つづ》けていて、クルトの肩《かた》や頭《あたま》、顔《かお》まわりを楽《たの》しそうに這《は》い回《まわ》っている。クルトとポポンの仲《なか》の良《よ》さが伝《つた》わってきた。

「この子《こ》もクルトが作《つく》ったの？」

「まあね！」

のび太《た》が尋《たず》ねると、クルトは得意《とくい》げに答《こた》えた。

「すごーい！」

のび太《た》の賞賛《しょうさん》の一方《いっぽう》で、スネ夫《お》は「へっぽこじゃないモノ、作《つく》るなんて……」と呆然《ぼうぜん》と見《み》つめる。

「ははは……」

クルトは照《て》れながら頭《あたま》を掻《か》いて、ポポンが生《う》まれた時《とき》のことを思《おも》い出《だ》す。

作業《さぎょう》の失敗続《しっぱいつづ》きでやけくそになって、研究室《けんきゅうしつ》にある材料《ざいりょう》を手当《てあ》たり次第《しだい》にミキサーに突《つ》っ込《こ》み、かき混《ま》ぜたら爆発《ばくはつ》してポポンが偶然生《ぐうぜんう》まれた――というのは秘密《ひみつ》だ。

「この子《こ》にもフルメタルっていうのが入《はい》ってるの？」

しずかが疑問《ぎもん》に思《おも》っていたことを聞《き》く。

「ううん、フルメタルは免許《めんきょ》を持《も》っている職人《しょくにん》しか使《つか》えないんだ。だからボクの道具《どうぐ》には入《はい》ってないのさ」

クルトは椅子《いす》に座《すわ》った。

その時《とき》、ドラえもんが部屋《へや》の隅《すみ》に置《お》いてある機械《きかい》を指《ゆび》さす。

「あれは何《なに》？　掃除機《そうじき》？」

「うん、『ハイパー掃除機《そうじき》』。なんでも吸《す》い込《こ》むミニブラックホールが入《はい》ってるんだ！」

その『ハイパー掃除機《そうじき》』は二《ふた》つの目玉《めだま》のようなものがついていて、吸《す》い込《こ》むノズルが口《くち》のような形状《けいじょう》をしていた。

「ブラックホール？　すごーい！」

のび太《た》は近《ちか》づいて『ハイパー掃除機《そうじき》』を持《も》ち上《あ》げる。

「あっ、ダメだよ。それは強力《きょうりょく》すぎて……」

クルトがあわてて注意《ちゅうい》したが遅《おそ》かった。掃除機《そうじき》はのび太《た》の背中《せなか》に素早《すばや》く回《まわ》り込《こ》み、ガシン！　と音《おと》を立《た》てて装着《そうちゃく》される。直後《ちょくご》、ものすごいモーター音《おん》をあげながらあたりの空気《くうき》を吸《す》い込《こ》み始《はじ》めた。

「うわ~~~っ！」

のび太《た》はその勢《いきお》いに振《ふ》り回《まわ》されて倒《たお》れ込《こ》む。しかし横《よこ》になっても掃除機《そうじき》の勢《いきお》いは止《と》まらない。まわりのいろいろなものを吸《す》い寄《よ》せながら、ノズルは四方八方《しほうはっぽう》へ向《む》けられる。

その標的《ひょうてき》になったのが、しずかだった。

掃除機《そうじき》は名前《なまえ》の通《とお》りハイパーな勢《いきお》いで、あっという間《ま》にしずかの服《ふく》をバラバラにして吸《す》い込《こ》んでいく。

「キャー―――――ッ！」

しずかはすさまじい悲鳴《ひめい》を上《あ》げて、全員《ぜんいん》に背中《せなか》を向《む》けてうずくまる。その後《うし》ろ姿《すがた》を、ポポンが風呂敷《ふろしき》のように大《おお》きくなってとっさに隠《かく》した。

「いや〰〰っ！　エッチ〜！　見《み》ないでー！」

ポポンの半透明《はんとうめい》な体《からだ》に隠《かく》れながら、しずかは懸命《けんめい》に訴《うった》える。

ドラえもんが驚《おどろ》いてネコ化《か》し、テーブルを跳《は》ね回《まわ》る一方《いっぽう》で、のび太以下男子《たいかだんし》たちは急《いそ》いで両手《りょうて》で目《め》を覆《おお》った。

＊＊＊

その頃《ころ》、同《おな》じように女《おんな》の子《こ》の悲鳴《ひめい》が、夜《よる》のひみつ道具博物館《どうぐミュージアム》の地下《ちか》から聞《き》こえてきた。

「もう〰〰イヤ！　いい加減《かげん》にして〰〰っ！」

ジンジャーが発《はっ》したその声《こえ》は、悲鳴《ひめい》というより怒号《どごう》に近《ちか》いかもしれない。

ジンジャーは左手《ひだりて》にバター皿《ざら》、右手《みぎて》に機械《きかい》の部品《ぶひん》を持《も》って、怒《いか》り心頭《しんとう》に発《はっ》し叫《さけ》んでいた。

「なんでバター皿《ざら》の中《なか》からこんな部品《ぶひん》が出《で》てくんのよっ！」

怒《いか》りの矛先《ほこさき》は、他《ほか》でもないペプラー博士《はかせ》だった。

ペプラー博士《はかせ》はジンジャーの勢《いきお》いに言《い》い返《かえ》せず、タジタジになっている。

「片付《かたづ》けができないなら、こんなもの捨《す》てちゃいます！」

怒《おこ》ったジンジャーは、壁際《かべぎわ》の巨大《きょだい》な機械《きかい》に取《と》りつく。

「あああ〰〰っ！　こ、こ、これはダメ〰〰っ！」

ペプラー博士《はかせ》はあわててジンジャーと機械《きかい》の間《あいだ》に割《わ》って入《はい》った。

「こ、これだけは譲《ゆず》れんぞ！　ペプラーメタルを作《つく》って、世間《せけん》のヤツらを……ハルトマン博士《はかせ》を見返《みかえ》してやるんじゃっ！」

ペプラー博士《はかせ》は拳《こぶし》を握《にぎ》りしめ、必死《ひっし》の形相《ぎょうそう》で見上《みあ》げる。

するとジンジャーはあきれたように腰《こし》に手《て》を当《あ》てた。

「なーにカッコつけてんのよ。そんなこと言《い》って、ホントはハルトマン博士《はかせ》とすごく仲良《なかよ》しだったこと、あたし知《し》ってんのよ」

ジンジャーの指摘《してき》は図星《ずぼし》だったようだ。ペプラー博士《はかせ》は恥《は》ずかしさのあまり、みるみるうちに顔《かお》が真《ま》っ赤《か》になっていく。

「ち、ち、違《ちが》うっ！　ワシらはライバルじゃ！　究極《きゅうきょく》のライバル同士《どうし》だったんじゃっ！」

ムキになって否定《ひてい》するが、ジンジャーの表情《ひょうじょう》は変《か》わらない。

「なーにがライバルよ。おじいちゃんとハルトマン博士《はかせ》じゃ、月《つき》とスッポンよ」

相変《あいか》わらず孫《まご》はまったく容赦《ようしゃ》なく、祖父《そふ》を切《き》り捨《す》てる。

すると博士《はかせ》は必死《ひっし》になって叫《さけ》んだ。

「バカなことを言《い》うなっ！　世間《せけん》のヤツらはハルトマンばかりを評価《ひょうか》するが、ヤツが作《つく》ったフルメタルは、元々《もともと》はワシが起《お》こした太陽《たいよう》の暴走《ぼうそう》からできたんだぞ！　本来《ほんらい》ならワシの手柄《てがら》として、ワシが褒《ほ》め称《たた》えられてもいいはずなんじゃ！」

車椅子《くるまいす》マシンでウロウロと動《うご》き回《まわ》りながらペプラー博士《はかせ》は熱弁《ねつべん》を続《つづ》けているが、さすがにジンジャーも「それ違《ちが》う、すごく違《ちが》う……」と小声《こごえ》でつっこむ。

しかしペプラー博士《はかせ》の演説《えんぜつ》は止《と》まらない。

「ワシは必《かなら》ずペプラーメタルを完成《かんせい》させる！　そしてワシを追放《ついほう》した世間《せけん》のヤツらを見返《みかえ》してやるのだぁっ！　ハーッハッハッハ……！」

ジンジャーがあきれるなか、ペプラー博士《はかせ》の笑《わら》い声《ごえ》は地下《ちか》の闇《やみ》に響《ひび》いていった。

＊　＊　＊

一方《いっぽう》、クルトの家《いえ》では、一同《いちどう》がぐるりとテーブルを囲《かこ》んで座《すわ》っていた。といっても、小《ちい》さなジャイアンとスネ夫《お》はテーブルの隅《すみ》に乗《の》っている。

クルトは立《た》ち上《あ》がって、みんなの前《まえ》にたらりとテーブルクロスを垂《た》らす。

「じゃーん！　『B級《ビーきゅう》グルメテーブルかけ』〜！」

その名《な》の通《とお》り、緑《みどり》のテーブルクロスには大《おお》きく黄緑《きみどり》で『B《ビー》』と書《か》かれていた。

「B級《ビーきゅう》……」

どこか気《き》になる様子《ようす》で、スネ夫《お》とドラえもんがつぶやく。

「食《た》べたいB級《ビーきゅう》グルメを言《い》えば、なんでも出《で》てくるよ」

そう言《い》ってクルトは得意《とくい》げにテーブルの上《うえ》に『B級《ビーきゅう》グルメテーブルかけ』を広《ひろ》げた。

「よーし、じゃあまずはオレ様《さま》から！　ソースカツ丼《どん》！」

まっ先《さき》に進《すす》み出《で》たジャイアンの声《こえ》に反応《はんのう》するかのように、テーブルかけの上《うえ》にボワンと煙《けむり》が吹《ふ》き出《で》て、あとには大《おお》きなどんぶりが現《あらわ》れた。

「おお〜〜〜〜っ！」

一同《いちどう》は感嘆《かんたん》の声《こえ》を上《あ》げる。のび太《た》がどんぶりのフタをゆっくりと開《あ》けた。温《あたた》かい湯気《ゆげ》が上《あ》がる。中《なか》には美味《おい》しそうなソースカツ丼《どん》が詰《つ》まっていた。

「うひょ～っ！　うまそ～っ！」

ジャイアンがよだれを垂《た》らして見《み》つめている。

それを見《み》ていたスネ夫《お》も我慢《がまん》できなくなったらしい。ピョンピョンと跳《と》びはねながら、大《おお》きな声《こえ》で叫《さけ》んだ。

「じゃあじゃあ、ボクちゃんはパイナップルバーガー！」

声《こえ》に反応《はんのう》し、ボワンと煙《けむり》が出《で》る。すると煙《けむり》の中《なか》から動物《どうぶつ》の鳴《な》き声《ごえ》が聞《き》こえてきた。

「モ～」「コケーッ」

一同《いちどう》が驚《おどろ》く前《まえ》に、テーブルの上《うえ》には大《おお》きな牛《うし》とニワトリ、そしてパイナップルと小麦《こむぎ》、タマネギやトマトなどが現《あらわ》れる。牛《うし》とニワトリは家《いえ》の外《そと》へ飛《と》び出《だ》していった。

呆然《ぼうぜん》と見送《みおく》るのび太《た》たちを前《まえ》に、クルトは照《て》れたように笑《わら》う。

「と、時々材料《ときどきざいりょう》のまま出《で》てきちゃうこともあるんだ。ハハハハ……」

みんなはガクッとうなだれる。スネ夫《お》が「やっぱり、これもへっぽこか！」と言《い》うのも忘《わす》れない。

するとクルトの頭《あたま》に乗《の》っていたポポンが、テーブルの上《うえ》に降《お》りてきた。そのままテーブルの上《うえ》にあるパイナップルの前《まえ》までやってくる。

「ん？」

「あら……？」

ドラえもんとしずかが見守《みまも》るなか、ポポンはペロリと舌《した》なめずりして、ピカッと目《め》を光《ひか》らせた。目《め》から出《で》た光線《こうせん》が、パイナップルに当《あ》たる。

ボムッ！

不可解《ふかかい》な音《おと》がして、目《め》の光《ひかり》が消《き》えると同時《どうじ》にパイナップルがヘナッとしおれた。そしてポポンの体《からだ》の中《なか》が黄色《きいろ》い物体《ぶったい》で満《み》たされている。それはパイナップルの中身《なかみ》だった。

ポポンはパイナップルの中身《なかみ》だけを、自分《じぶん》の体《からだ》の中《なか》に瞬間移動《しゅんかんいどう》させたのだ。

パイナップルが空気《くうき》の抜《ぬ》けた風船《ふうせん》のようにヘタる一方《いっぽう》で、ポポンも体内《たいない》のパイナップルを瞬時《しゅんじ》に消化《しょうか》して、その反動《はんどう》で「ゲポッ」とゲップをする。

「中身《なかみ》だけ消《き》えちゃった……」

ドラえもんが呆然《ぼうぜん》と見《み》つめる。

「食《た》べちゃったの？」

しずかが尋《たず》ねると、クルトは困《こま》ったように頭《あたま》を掻《か》いた。

「う〜ん、それがよくわかんないんだけど、『ナカミスイトール』って道具《どうぐ》あるでしょ？」

クルトはドラえもんに目《め》を向《む》ける。

「ああ、中身《なかみ》だけ吸《す》い取《と》って他《ほか》の場所《ばしょ》に移《うつ》せる道具《どうぐ》だね」

ドラえもんは思《おも》い出《だ》しながら答《こた》えた。ドライヤーのような形《かたち》のひみつ道具《どうぐ》だ。たしかそれを使《つか》ってスイカの中身《なかみ》をまるごと取《と》り出《だ》したことがあった気《き》がする。

「うん。あれを改良《かいりょう》して中身《なかみ》を二倍《にばい》にする道具《どうぐ》を作《つく》ろうとしたんだけど……どういうわけかポポンができちゃって、どういうわけか中身《なかみ》を消《け》しちゃう機能《きのう》になっちゃったんだ」

それが先《さき》ほどの一連《いちれん》の流《なが》れ、というわけだ。

「ま、まったく役《やく》に立《た》たない機能《きのう》だね……」

ドラえもんが言《い》うと、

「なんだ、結局《けっきょく》こいつもへっぽこか」

と、隣《となり》からジャイアンが遠慮《えんりょ》なく言《い》い放《はな》った。

へっぽこという言葉《ことば》を理解《りかい》したかどうかわからないが、ポポンがジャイアンを振《ふ》り返《かえ》って真《ま》っ赤《か》になって膨《ふく》れ出《だ》す。

「お、怒《おこ》った怒《おこ》った」

ジャイアンがからかっている間《あいだ》に、ポポンは再《ふたた》び目《め》から光線《こうせん》を出《だ》して、ソースカツ丼《どん》に当《あ》てる。直後《ちょくご》、先《さき》ほどと同《おな》じようにソースカツ丼《どん》の中身《なかみ》だけがポポンの体《からだ》に移動《いどう》して、またたくまに消化《しょうか》してしまった。のび太《た》がどんぶりのフタを開《あ》けると、ソースカツ丼《どん》の中身《なかみ》はごっそりなくなっている。

「あ〜っ！　コラ〜ッ、カツ丼返《どんかえ》せ〜！」

ジャイアンが怒《おこ》って叫《さけ》ぶが、ポポンはしてやったりと、ニコニコと笑《わら》って跳《と》びはねる。

が直後《ちょくご》、ポポンはのどを詰《つ》まらせたかのように、ビクッと固《かた》まった。そしてヒック、ヒックとしゃっくりを始《はじ》める。

そして、三回目《さんかいめ》のしゃっくりでくしゃん！　と大《おお》きくくしゃみをして、ネジやボルトを口《くち》から吐《は》き出《だ》したかと思《おも》うと、ぐるぐると酔《よ》っ払《ぱら》いのように目《め》を回《まわ》して、ポテッと倒《たお》れた。

「大丈夫《だいじょうぶ》？」

しずかが言《い》うと、

「食《た》べ過《す》ぎるとこうなるんだ。待《ま》ってろ、直《なお》してやるからな」

クルトはポポンをあわてて抱《だ》き寄《よ》せる。そして、

「みんな、ご飯《はん》、先食《さきた》べてて」

心配《しんぱい》そうな一同《いちどう》にそう言《い》い残《のこ》して、隣《となり》の作業室《さぎょうしつ》に入《はい》っていった。

08

鈴《すず》の思《おも》い出《で》

二十二世紀《にじゅうにせいき》でも、月《つき》は変《か》わらず夜空《よぞら》に浮《う》かんでいた。

クルトの家《いえ》の窓《まど》から月明《つきあ》かりが差《さ》し込《こ》む。空《あ》いている部屋《へや》を貸《か》してもらって、ベッドにはしずかが、ソファにはのび太《た》、ベッド脇《わき》のテーブルの上《うえ》で小《ちい》さくなったジャイアンとスネ夫《お》、そして床《ゆか》の簡易《かんい》ベッドの上《うえ》でドラえもんが寝《ね》ていた。

のび太《た》たち四人《よにん》はぐっすりと眠《ねむ》りこけているが、ドラえもんだけは眠《ねむ》れずにいた。

ドラえもんは物思《ものおも》いにふけり、天井《てんじょう》を見《み》つめている。

鈴《すず》が盗《ぬす》まれて、久《ひさ》しぶりに鈴《すず》にまつわる出来事《できごと》を思《おも》い出《だ》した。

あれは、ドラえもんがまだのび太《た》のところへ来《き》たばかりの頃《ころ》のことだ……。

二十二世紀《にじゅうにせいき》の子守《こもり》ロボットとして生《う》まれたドラえもんは、セワシという少年《しょうねん》のもとで暮《く》らしていた。ある日《ひ》、セワシが思《おも》い立《た》つ。ボクたち子孫《しそん》が困《こま》っているのは、先祖《せんぞ》である野《の》比《び》のび太《た》という少年《しょうねん》がダメダメなせいだ、と。

そこでドラえもんはのび太《た》のもとにやってきた。のび太《た》の世話《せわ》をし、精神的《せいしんてき》にも肉体的《にくたいてき》にも鍛《きた》えるために。

ドラえもんがのび太《た》のダメっぷりにまだ懲《こ》りていない頃《ころ》、のび太《た》と一緒《いっしょ》に空《あ》き地《ち》でキャッチボールの練習《れんしゅう》をしていた。しかし思《おも》った以上《いじょう》にのび太《た》はダメだった。どんな軽《かる》い球《たま》を投《な》げても、ウソのように捕《と》りこぼしてしまう。

「もっとマジメにやれ！　こんな球《たま》も捕《と》れないのか！」

ドラえもんが厳《きび》しく言《い》うと、のび太《た》は地面《じめん》に座《すわ》り込《こ》む。

「マジメにやっても、ムリなものはムリなんだよ～っ」

のび太《た》はグローブを放《ほう》り出《だ》して、「もう帰《かえ》る！」と逃《に》げ出《だ》そうとした。

「こら、待《ま》てっ」

ドラえもんは体《からだ》を張《は》ってのび太《た》を止《と》め、逃《に》げようともがくのび太《た》を羽交《はが》い締《じ》めにしながら、ドラえもんは嘆《なげ》いた。

「まったく！　勉強《べんきょう》もダメ、スポーツもダメ、おまけに根性《こんじょう》もないなんて！　君《きみ》には取《と》り柄《え》ってものが何《なに》もないのか！　どんだけダメダメなんだ！」

そこまで言《い》われて、さすがののび太《た》も怒《おこ》って手《て》を振《ふ》り払《はら》い、ドラえもんの顔《かお》をつかんだ。

「どうせボクはダメなんだ！　何《なに》をやってもダメなんだ！　放《はな》せ～っ、帰《かえ》る～っ！」

必死《ひっし》に取《と》り押《お》さえようとするドラえもんと、逃《のが》れようとするのび太《た》とで、つかみ合《あ》いのけんかになった。

二人《ふたり》がもみ合《あ》いになったその時《とき》、もがいたのび太《た》の手《て》がドラえもんの鈴《すず》をパシッと弾《はじ》き飛《と》ばした。鈴《すず》はそのままコロコロと転《ころ》がって、空《あ》き地《ち》と道路《どうろ》の間《あいだ》の排水溝《はいすいこう》のすき間《ま》に落《お》ちてしまった。

「あ……」

二人《ふたり》は同時《どうじ》に声《こえ》を上《あ》げる。

のび太《た》がドラえもんを見《み》ると、ドラえもんは「鈴《すず》が……」と寂《さび》しそうな顔《かお》をしている。はずみとはいえ悪《わる》いことをしてしまった、と思《おも》ったのび太《た》は、よしっと排水溝《はいすいこう》へ歩《あゆ》み寄《よ》り、腕《うで》まくりして靴《くつ》を脱《ぬ》いだ。

そして数分後《すうふんご》、のび太《た》とドラえもんは排水溝《はいすいこう》のフタをはずして鈴《すず》を捜《さが》していた。思《おも》ったより泥《どろ》が溜《た》まっていたようで、のび太《た》の手《て》と足《あし》は泥《どろ》だらけになっている。

ドラえもんがもううんざりといった様子《ようす》で声《こえ》をかけた。

「あきらめてさあ、新《あたら》しいの買《か》うからさあ」

しかしのび太《た》は泥《どろ》をさらう手《て》を休《やす》めない。

「この辺《へん》に落《お》ちたんだ。絶対見《ぜったいみ》つかる」

「……」

ドラえもんは小《ちい》さくため息《いき》をついて、再《ふたた》び泥《どろ》に向《む》かう。

「なんでそんなことだけ、一生懸命《いっしょうけんめい》になるんだよ……」

しかし鈴《すず》は見《み》つからなかった。

やがてとっぷりと日《ひ》が暮《く》れ、そろそろ辺《あた》りも暗《くら》くなってきたにもかかわらず、のび太《た》は相変《あいか》わらず泥《どろ》の中《なか》を探《さぐ》っていた。

「もう帰《かえ》らないと、ママにしかられちゃうよ……」

ドラえもんが声《こえ》をかけるが、のび太《た》は泥《どろ》の中《なか》に手《て》を突《つ》っ込《こ》んで鈴《すず》を捜《さが》し続《つづ》けている。

「のび太《た》くん……、もういいよ、あきらめよう。ね?」

肩《かた》に優《やさ》しく手《て》を触《ふ》れる。するとのび太《た》はゆっくりと立《た》ち上《あ》がり、悔《くや》しそうにコクンと小《ちい》さくうなずいた。泥《どろ》だらけの手《て》で目元《めもと》をぬぐい、小《ちい》さな声《こえ》でつぶやいた。

「……ドラえもん……ごめん……」

ドラえもんは優《やさ》しく微笑《ほほえ》む。

「いいんだよ、こんなに一生懸命《いっしょうけんめい》捜《さが》してくれたし、十分《じゅうぶん》だよ……」

その時《とき》、ドラえもんはわかったのだ。ダメなところばかりだと思《おも》っていたのび太《た》の、たった一《ひと》つのいいところを……。

ドラえもんがそんなことを考《かんが》えていると、のび太《た》は力《ちから》なく排水溝《はいすいこう》から出《で》てきて、泥《どろ》だらけの靴《くつ》に足《あし》を差《さ》し入《い》れた。

「痛《い》った……！」

のび太《た》は顔《かお》をしかめる。どうやら靴《くつ》の中《なか》に何《なに》かが入《はい》っていたらしい。

脱《ぬ》いだ靴《くつ》を逆《さか》さまにする。

すると、泥《どろ》とともに何《なに》か光《ひか》るものが出《で》てきた。それは、ドラえもんの鈴《すず》だった。

「あ〰〰っ！」

二人《ふたり》は同時《どうじ》に叫《さけ》ぶ。

「こんなところに……」

あまりのことに呆然《ぼうぜん》とのび太《た》はつぶやく。

その直後《ちょくご》、口元《くちもと》を緩《ゆる》ませて、「ククク……アハハハハッ！」と笑《わら》い出《だ》した。

排水溝《はいすいこう》を捜《さが》しても見《み》つからないはずだ。

何《なに》しろ鈴《すず》はとっくに泥《どろ》と一緒《いっしょ》に外《そと》へ飛《と》び出《で》ていたのだから。ホッとしたのと同時《どうじ》に、自《じ》分《ぶん》たちのマヌケさについ笑《わら》ってしまった。

ドラえもんもつられて笑《わら》う。

「アハハハハッ！」

二人《ふたり》はお互《たが》いを叩《たた》き合《あ》ったりして、楽《たの》しそうに笑《わら》い合《あ》う。

その時《とき》、ドラえもんはようやくのび太《た》と友《とも》だちになれたような、そんな気《き》がしたのだった……。

「ん……」

のび太《た》の声《こえ》が聞《き》こえた。クルトの家《いえ》のソファで、のび太《た》が目《め》を覚《さ》ましたのだ。

ゆっくりと起《お》き上《あ》がり、傍《かたわ》らに置《お》かれていたメガネを取《と》って、「……おしっこ……」とつぶやいて、部屋《へや》を出《で》ていく。

ドラえもんは起《お》きていたことを悟《さと》られぬよう、体勢《たいせい》を変《か》えて静《しず》かに目《め》を閉《と》じる。

あんななんでもないこと、のび太《た》くんはもう忘《わす》れちゃってるだろうけど……。

ドラえもんが盗《ぬす》まれた鈴《すず》を、必死《ひっし》に捜《さが》そうとしている理由《りゆう》――それは、のび太《た》との大切《たいせつ》な思《おも》い出《で》の鈴《すず》だったからだ。


用《よう》を足《た》したのび太《た》は、トイレから出《で》てくるとホッとひと息《いき》ついた。

さてもうひと眠《ねむ》り、と部屋《へや》へ戻《もど》ろうとした時《とき》に、どこからかジジジジと、何《なに》やら火花《ひばな》が散《ち》るような音《おと》が聞《き》こえた。

見《み》ると、クルトの作業場《さぎょうば》から灯《あか》りが漏《も》れている。

のび太《た》は作業場《さぎょうば》に近《ちか》づいて、ドアのすき間《ま》からそっと中《なか》をのぞいた。

クルトが机《つくえ》に向《む》かって、作業《さぎょう》をしている後《うし》ろ姿《すがた》が見《み》えた。

クルトは「できた！」と体《からだ》を起《お》こし、机《つくえ》の上《うえ》に向《む》かって声《こえ》をかける。

「ポポン、どうだ？」

作業台《さぎょうだい》の上《うえ》で目《め》を閉《と》じていたポポンがハッと目覚《めざ》め、うーんと大《おお》きく伸《の》びをした。そのままピョンとクルトの頭《あたま》に飛《と》び乗《の》り、顔《かお》や体《からだ》を動《うご》き回《まわ》ってじゃれつく。

「キューッ、キュキュキュキューッ」

「ははっ、アハハ、こらやめろよ、ハハハ！」

クルトとポポンは嬉《うれ》しそうに笑《わら》い合《あ》った。

「よかった、直《なお》ったんだね」

思《おも》わずのび太《た》は、クルトに声《こえ》をかけた。

「のび太《た》」

「あれからずっと直《なお》してたの？」

そう言《い》われて、クルトは腕時計《うでどけい》を見《み》る。

「ああ、つい夢中《むちゅう》になっちゃって……。気《き》がつくと朝《あさ》なんてこともよくあるんだ」

ポポンがのび太《た》に向《む》かって跳《と》びはねてきて、その体《からだ》を楽《たの》しそうに動《うご》き回《まわ》る。

「よっぽど好《す》きなんだね。うらやましいなあ」

のび太《た》はポポンを見《み》ながら、しみじみとつぶやいた。

「え？」

「ボクもそんな風《ふう》に、何《なに》か夢中《むちゅう》になれることがあるといいのに」

のび太《た》は近《ちか》くにあった台《だい》に座《すわ》る。

「ボクなんか何《なに》をやっても、あれもダメ、これもダメで、なんにも取《と》り柄《え》がないって、よくみんなに言《い》われるんだ」

うんざりしたように言《い》うが、これはのび太《た》の本心《ほんしん》だった。自虐的《じぎゃくてき》に笑《わら》いながら話《はな》しているのは、寂《さび》しさの裏返《うらがえ》しでもあった。

そんなのび太《た》の気持《きも》ちを察《さっ》してか、クルトは優《やさ》しく微笑《ほほえ》む。

「フフ、そんなことないよ。気《き》がついてないだけさ。のび太《た》にもきっと何《なに》か取《と》り柄《え》はあるはずだよ」

「そうかなあ……」

クルトとポポンが笑《わら》い合《あ》っているのを見《み》て、のび太《た》の脳裏《のうり》を何《なに》かがよぎる。

いつかどこかで、二人《ふたり》で笑《わら》い合《あ》った思《おも》い出《で》……。

あれはなんだったか……。相手《あいて》は……ドラえもんだったような気《き》がする……。

と、のび太《た》が考《かんが》えていると、クルトが声《こえ》をかけた。

「ボクの師匠《ししょう》がね……」

「え？」とのび太《た》は我《われ》に返《かえ》る。

「師匠《ししょう》が言《い》ってたんだ。取《と》り柄《え》のない人間《にんげん》なんていないんだって」

「師匠《ししょう》？」

「ボクの道具作《どうぐづく》りの先生《せんせい》さ」

クルトの先生《せんせい》とは、ペプラー博士《はかせ》のことだった。

いつかクルトが道具作《どうぐづく》りに失敗《しっぱい》して、落《お》ち込《こ》んでいた時《とき》、博士《はかせ》はクルトに言《い》った。

「道具職人《どうぐしょくにん》にとって一番大事《いちばんだいじ》なことはな、クルト、道具作《どうぐづく》りが好《す》きだということだ。何度《なんど》失敗《しっぱい》したって構《かま》わん。バカにするヤツにはさせておけ！　好《す》きだという気持《きも》ち、そしてあきらめないところが、お前《まえ》の一番良《いちばんよ》いところだぞ、クルト」

クルトはその言葉《ことば》に大《おお》いに励《はげ》まされた。

思《おも》い出《だ》しながら、クルトは自分《じぶん》の作品《さくひん》であるポポンをじっと見《み》つめる。

「その人《ひと》だけなんだ。ボクにも良《よ》いところがあるって、言《い》ってくれるのは」

ポポンが頭《あたま》の上《うえ》に飛《と》び乗《の》る。クルトは勢《いきお》いよく立《た》ち上《あ》がった。

「ボクは絶対道具職人《ぜったいどうぐしょくにん》になるよ！　そしていつか、博物館《ミュージアム》に飾《かざ》られるようなすっごい道具《どうぐ》を作《つく》ってみせる！」

「ハハッ、すごい！　クルトならきっとできるよ！」

のび太《た》は手《て》を叩《たた》いて嬉《うれ》しそうに言《い》う。

「うん！　ハハハッ！」

クルトもうなずいて、笑顔《えがお》を見《み》せる。

二人《ふたり》の笑顔《えがお》を見守《みまも》るかのように、窓《まど》の外《そと》には大《おお》きな月《つき》が輝《かがや》いていた。

09 怪盗《かいとう》DX《デラックス》の予告状《よこくじょう》

翌朝《よくあさ》、ドラえもんたちとクルトが博物館《ミュージアム》に行《い》くと、入《い》り口《ぐち》の前《まえ》に『臨時休館《りんじきゅうかん》』という看《かん》板《ばん》が出《だ》されていた。訪《おとず》れていたお客《きゃく》さんたちから、残念《ざんねん》そうなため息《いき》が聞《き》こえる。

「なんで急《きゅう》に……」

心配《しんぱい》そうにつぶやくのび太《た》に、クルトが小声《こごえ》で声《こえ》をかける。

「事務所《じむしょ》に行《い》ってみよう」

「うん！」

一同《いちどう》は事務所《じむしょ》に向《む》かっていった。

「ええ！　予告状《よこくじょう》!?」

「そうです、今朝届《けさとど》きました」

館長室《かんちょうしつ》で、窓《まど》を向《む》いて立《た》っていたフィークス館長《かんちょう》がのび太《た》たちの方《ほう》へ振《ふ》り返《かえ》った。神妙《しんみょう》な顔《かお》つきでカードを取《と》り出《だ》すと、机《つくえ》の上《うえ》に置《お》く。大《おお》きく『DX《デラックス》』と書《か》かれたカードの真《ま》ん中《なか》を指《ゆび》でトンと押《お》すと、ホログラムが現《あらわ》れた。シルクハットにマントで身《み》を包《つつ》んだ長身《ちょうしん》の男《おとこ》、怪盗《かいとう》DX《デラックス》だった。

『本日正午《ほんじつしょうご》、大事《だいじ》なひみつ道具《どうぐ》をいただきにまいります。怪盗《かいとう》DX《デラックス》』

怪盗《かいとう》DX《デラックス》の声《こえ》でそう告《つ》げるとホログラムは消《き》えた。

「……ということです」

館長《かんちょう》の真剣《しんけん》な顔《かお》に、一同《いちどう》に緊張《きんちょう》が走《はし》る。しかしジャイアンとスネ夫《お》だけは、館長《かんちょう》を怪《あや》しむ様子《ようす》で見《み》つめている。

と、背後《はいご》から声《こえ》が聞《き》こえた。

「『ビッグライト』の時《とき》と同《おな》じだな」

一同《いちどう》が振《ふ》り返《かえ》ると、トレンチコート姿《すがた》のマスタード警部《けいぶ》が入《い》り口《ぐち》にもたれかかっていた。

「昨日《きのう》の刑事《けいじ》さん」

のび太《た》は思《おも》い出《だ》す。立入禁止《たちいりきんし》だったライト館《かん》から出《で》てきた刑事《けいじ》さんだ。

「同《おな》じって？」

ドラえもんが尋《たず》ねると、マスタード警部《けいぶ》は少《すこ》し帽子《ぼうし》を上《あ》げて挨拶《あいさつ》しつつ、こちらへ向《む》かって歩《ある》いてくる。

「先週《せんしゅう》も怪盗《かいとう》DX《デラックス》から同《おな》じような予告状《よこくじょう》が来《き》て、その予告通《よこくどお》りに盗《ぬす》まれたんだ」

「でもボクの時《とき》は予告状《よこくじょう》なんて来《こ》なかったけど……」

ドラえもんは鈴《すず》を盗《ぬす》まれた時《とき》のことを思《おも》い出《だ》す。

が、机《つくえ》の上《うえ》に置《お》かれた怪盗《かいとう》DX《デラックス》の予告状《よこくじょう》を見《み》て、のび太《た》は何《なに》かに気《き》づいた。

「あれ？　そういえばそのマーク……」

コートの裾《すそ》をまくり上《あ》げ、ズボンのポケットを探《さぐ》る。中《なか》にはぐしゃぐしゃになった0点《てん》のテストの答案《とうあん》が入《はい》っていた。答案《とうあん》の塊《かたまり》を広《ひろ》げると、一緒《いっしょ》に固《かた》まっていたカードらしきものがポトリと床《ゆか》に落《お》ちた。

「そ、それは……」

館長《かんちょう》は驚《おどろ》いてのぞき込《こ》む。

「そんなのいつ来《き》たの？」

ドラえもんの問《と》いに、のび太《た》は「よくわかんないんだけど……」とカードを手《て》で広《ひろ》げる。

するとカードから先《さき》ほどと同《おな》じ怪盗《かいとう》DX《デラックス》のホログラムが浮《う》かび上《あ》がった。

「わっ！」

驚《おどろ》いて尻餅《しりもち》をついたのび太《た》の前《まえ》で、ホログラムから声《こえ》が聞《き》こえる。

『五分後《ごふんご》にドラえもんの鈴《すず》をいただきます。怪盗《かいとう》DX《デラックス》』

そしてホログラムはシュンと消《き》えた。

一同《いちどう》が呆然《ぼうぜん》と見《み》つめるなか、のび太《た》が口《くち》を開《ひら》いた。

「DX《ディーエックス》、ってデラックスって読《よ》むんだ！」

ズコーッと一同《いちどう》はずっこける。ドラえもんは気《き》を取《と》り直《なお》して、

「や、やっぱりボクの鈴《すず》を盗《ぬす》んだのも怪盗《かいとう》DX《デラックス》だったんだ」

確信《かくしん》した様子《ようす》でのび太《た》に告《つ》げた。

「ってことは、DX《デラックス》を捕《つか》まえれば鈴《すず》も戻《もど》ってくるってことだね！」

「うん！　ボクの鈴《すず》を取《と》り戻《もど》すためにも、捜査《そうさ》に協力《きょうりょく》させてください！」

のび太《た》とドラえもんは意気《いき》ごんで館長《かんちょう》とマスタード警部《けいぶ》を振《ふ》り返《かえ》った。

「このシャーロックのび太《た》がDX《デラックス》を捕《つか》まえてみせましょう！」

のび太《た》はひらりと立《た》ち上《あ》がると、ポケットから『手《て》がかりレンズ』を取《と》り出《だ》して見《み》つめる。

「『手《て》がかりレンズ』、怪盗《かいとう》DX《デラックス》が次《つぎ》に狙《ねら》うのは……？」

一同《いちどう》はレンズを注視《ちゅうし》する。するとレンズに何《なに》かが映《うつ》り始《はじ》めた。

「出《で》た！」

そこは見覚《みおぼ》えのある博物館《ミュージアム》の中《なか》の景色《けしき》だった。

「狙《ねら》われるのは、なんでも館《かん》だ！」

のび太《た》は『手《て》がかりレンズ』を高《たか》くかかげて、宣言《せんげん》する。

しかし隣《となり》でクルトが首《くび》をかしげた。クルトの手《て》にも『手《て》がかりレンズ』が握《にぎ》られている。

「おかしいな。こっちの『手《て》がかりレンズ』には自然館《しぜんかん》が映《うつ》ってるけど……」

「え～っ！　おかしいなあ……」

のび太《た》はもう一度《いちど》『手《て》がかりレンズ』を見《み》つめるが、映《うつ》っているのは間違《まちが》いなくなんでも館《かん》の映像《えいぞう》だった。

「こっちは調子《ちょうし》が悪《わる》いからなあ……」

ドラえもんが自信《じしん》なさげにのぞき込《こ》む。

「なにせドラえもんの道具《どうぐ》だから」

「失礼《しつれい》な」

ドラえもんがのび太《た》をにらんでいると、

「では……」と場《ば》を取《と》りなすように、マスタード警部《けいぶ》が帽子《ぼうし》を深《ふか》くかぶり直《なお》しながら口《くち》をはさんだ。

「その二《ふた》つの館《かん》を重点的《じゅうてんてき》に、他《ほか》のすべての館《かん》にも警備《けいび》を置《お》くことにしよう」

警部《けいぶ》の言葉《ことば》に、ドラえもんたちとクルトはうなずく。

しかし、なぜか館長《かんちょう》だけは浮《う》かない顔《かお》をしていた。クルトが「自然館《しぜんかん》」と言《い》った時《とき》に、一瞬《いっしゅん》ギクリとした館長《かんちょう》だったが、その表情《ひょうじょう》の変化《へんか》に気《き》づいた者《もの》はいなかった……。

＊　＊　＊

それから数十分《すうじっぷん》と経《た》たずに、宇宙館《うちゅうかん》やロボット館《かん》、自然館《しぜんかん》になんでも館《かん》など、館内《かんない》のすべての部屋《へや》に警官《けいかん》たちが配備《はいび》された。それだけではなくたくさんの『パトボール』が館内《かんない》を見回《みまわ》っている。

ドラえもんたちは、なんでも館《かん》でそれぞれにひみつ道具《どうぐ》を手《て》にして警備《けいび》に当《あ》たっていた。

すると、館長《かんちょう》が思《おも》い立《た》ったように「ちょっと自然館《しぜんかん》の方《ほう》を見《み》てきます」と言《い》って、立《た》ち去《さ》っていく。

クルトも、腕時計《うでどけい》が小《ちい》さく点滅《てんめつ》したのに気《き》づいた。点滅《てんめつ》を見《み》られないようにごまかしながら、クルトはみんなに声《こえ》をかけた。

「あ、あの、ボクちょっとトイレ……」

緊張状態《きんちょうじょうたい》から一気《いっき》に拍子《ひょうし》が抜《ぬ》けて、一同《いちどう》はガクッとずっこけた。

「トイレくらい先《さき》に行《い》っとけよ！」

ジャイアンが雲《くも》のような小型《こがた》の乗《の》り物《もの》の上《うえ》から叫《さけ》んだ。クルトの家《いえ》から借《か》りてきたひみつ道具《どうぐ》のようだ。

「緊張《きんちょう》しちゃって……。すぐ戻《もど》る〜っ」

クルトは振《ふ》り返《かえ》って駆《か》け出《だ》していく。

「へっぽこ！」

と、これまたUFO《ユーフォー》型《がた》のひみつ道具《どうぐ》に乗《の》ったスネ夫《お》がその後《うし》ろ姿《すがた》に言《い》い放《はな》った。

ガチン……！

重《おも》い音《おと》が聞《き》こえて、時計《とけい》の針《はり》が進《すす》む。

時刻《じこく》は十一時《じゅういちじ》五十五分《ごじゅうごふん》を指《さ》していた。

それから三分《さんぷん》ほど経《た》った頃《ころ》、クルトは息《いき》を切《き》らしながら戻《もど》ってきた。

「ただいま！　間《ま》に合《あ》った！」

「遅《おそ》いぞ！」

ジャイアンが鋭《するど》く声《こえ》を上《あ》げる。

「ごめんごめん」

「………」

謝《あやま》るクルトを見《み》て、のび太《た》は安心《あんしん》したように息《いき》をつく。

ドラえもんがつぶやいた。

「あと一分《いっぷん》……」

時計《とけい》の針《はり》は五十九分《ごじゅうきゅうふん》を指《さ》している。

「……館長《かんちょう》が戻《もど》ってこないな」

ジャイアンのつぶやきはスネ夫《お》だけに聞《き》こえていた。スネ夫《お》は小《ちい》さくうなずく。

やっぱり館長《かんちょう》が……。

二人《ふたり》が疑惑《ぎわく》を深《ふか》めていくなか、時計《とけい》の長針《ちょうしん》と短針《たんしん》がガチンと重《かさ》なった。

正午《しょうご》になったのだ。

直後《ちょくご》、館内《かんない》に鐘《かね》の音《ね》が響《ひび》き渡《わた》る。
皆《みな》、緊張《きんちょう》の面持《おもも》ちを崩《くず》さない。
いったい何《なに》が起《お》きるのか……。その答《こた》えは怪盗《かいとう》DX《デラックス》以外《いがい》、誰《だれ》にもわからなかった。

10 ひみつ道具《どうぐ》対決《たいけつ》!

動《うご》きがあったのは、自然館《しぜんかん》だった――。

自然館《しぜんかん》はマスタード警部《けいぶ》の陣頭指揮《じんとうしき》で、警備《けいび》に当《あ》たっていた。

正午《しょうご》になった直後《ちょくご》、突然空中《とつぜんくうちゅう》におびただしい数《かず》のひみつ道具《どうぐ》が現《あらわ》れた。

「⁉」

マスタード警部《けいぶ》は驚《おどろ》いて見《み》つめる。

あれは……『鬼《おに》は外《そと》ビーンズ』!

『鬼《おに》は外《そと》ビーンズ』とは、豆《ビーンズ》をぶつけることで家《いえ》の中《なか》にいる人《ひと》などを、瞬間移動《しゅんかんいどう》で外《そと》に追《お》い出《だ》すことができる道具《どうぐ》だった。どうやら改造《かいぞう》されているらしく、ドローンのように空中《くうちゅう》から自動的《じどうてき》に動《うご》いている者《もの》を追尾《ついび》して、銃《じゅう》のような機械《きかい》でビーンズを当《あ》てることができるようになっていた。

警官《けいかん》たちは次々《つぎつぎ》に豆《まめ》を当《あ》てられて、博物館《ミュージアム》の外《そと》の噴水近《ふんすいちか》くへ放《ほう》り出《だ》されていく。

「急《いそ》げ！　隠《かく》れろ！」

マスタード警部《けいぶ》は『鬼《おに》は外《そと》ビーンズ』から逃《のが》れて、木陰《こかげ》に隠《かく》れる。

「くそっ、『鬼《おに》は外《そと》ビーンズ』で全員外《ぜんいんそと》に放《ほう》り出《だ》す気《き》か！」

ならば、とマスタード警部《けいぶ》は懐《ふところ》から『ぬけ穴《あな》ボールペン』を取《と》り出《だ》して、地面《じめん》に円《えん》を描《えが》く。と、その背後《はいご》から、『鬼《おに》は外《そと》ビーンズ』が激《はげ》しく掃射《そうしゃ》される。間一髪《かんいっぱつ》、マスタード警《けい》部《ぶ》は超空間《ちょうくうかん》へ飛《と》び込《こ》むことに成功《せいこう》した。


マスタード警部《けいぶ》が出《で》てきたのはなんでも館《かん》だった。

警戒《けいかい》を続《つづ》けていたドラえもんたちが、驚《おどろ》いて振《ふ》り返《かえ》る。

「マスタード警部《けいぶ》！」

「大変《たいへん》だ、自然館《しぜんかん》が……！」

と叫《さけ》んだその時《とき》、バチン！　と音《おと》がして、周囲《しゅうい》が暗《くら》くなった。

「なんだ!?」

マスタード警部《けいぶ》の声《こえ》に「照明《しょうめい》をチェックしろ！」と警官《けいかん》の指示《しじ》が飛《と》ぶ。そして天井《てんじょう》の照《しょう》明《めい》をチェックした警官《けいかん》がマスタード警部《けいぶ》に報告《ほうこく》した。

「これは……警部《けいぶ》！　こんなところに『暗《くら》くなる電球《でんきゅう》』が取《と》り付《つ》けられています！」

『暗《くら》くなる電球《でんきゅう》』とはその名《な》の通《とお》り、つけるとあたりが暗《くら》くなるひみつ道具《どうぐ》だ。

「何《なに》っ⁉　は、早《はや》くはずせっ！」

「はい！」

マスタード警部《けいぶ》の命令《めいれい》に警官《けいかん》が急《いそ》いで電球《でんきゅう》を取《と》ろうとする。

――と、その様子《ようす》を見《み》ていたのび太《た》の頭上《ずじょう》、円形《えんけい》の天窓《てんまど》に影《かげ》が落《お》ちた。

「⁉」

のび太《た》が気配《けはい》に振《ふ》り返《かえ》ると、天窓《てんまど》が突然《とつぜん》パリーン！　と音《おと》を立《た》てて割《わ》れた。

乱反射《らんはんしゃ》するガラスの破片《はへん》と共《とも》に舞《ま》い降《お》りてきたのは、シルクハットをかぶり、黒《くろ》いマントに身《み》を包《つつ》んだ長身《ちょうしん》の男《おとこ》だった。

「か、怪盗《かいとう》DX《デラックス》だ……！」

クルトが叫《さけ》ぶ。

全員《ぜんいん》が一斉《いっせい》にひみつ道具《どうぐ》の武器《ぶき》を構《かま》えた。

マスタード警部《けいぶ》もホルスターから銃《じゅう》を取《と》り出《だ》して構《かま》える。

「バカな！　じゃあ自然館《しぜんかん》は一体《いったい》……？」

警報《けいほう》が鳴《な》り響《ひび》く。

「…………」

なおも怪盗《かいとう》DX《デラックス》は沈黙《ちんもく》を貫《つらぬ》き、微動《びどう》だにしない。

「こいつが、怪盗《かいとう》DX《デラックス》……」

ドラえもんが『空気砲《くうきほう》』を手《て》に、じっとにらみつける。

「昨日《きのう》見《み》たヤツだよ、ジャイアン!」

「ああ!」

ジャイアンとスネ夫《お》がつぶやく。暗闇《くらやみ》の中《なか》で見《み》たあのスーツ姿《すがた》のロボだった。

その時《とき》、「侵入者《しんにゅうしゃ》! 侵入者《しんにゅうしゃ》!」と『パトボール』が一斉《いっせい》に集《あつ》まってきて、怪盗《かいとう》DX《デラックス》を取《と》り囲《かこ》んだ。

「ハハハハハッ……!」

怪盗《かいとう》DX《デラックス》は突然《とつぜん》不気味《ぶきみ》に笑《わら》いだしたかと思《おも》うと、バッと勢《いきお》いよく飛《と》び上《あ》がり、マントを翻《ひるがえ》す。その中《なか》から銃型《じゅうがた》のひみつ道具《どうぐ》を取《と》り出《だ》した。

「『スプレー式《しき》ドリームガン』!」

トリガーを引《ひ》くと銃口《じゅうこう》から霧《きり》のようなものが噴射《ふんしゃ》され、あたりに充満《じゅうまん》する。それはまわりのものを眠《ねむ》らせてしまう道具《どうぐ》だった。

パトボールたちはたちまち、うつらうつらと目《め》を閉《と》じて眠《ねむ》りに落《お》ちてしまう。

霧《きり》が晴《は》れると、怪盗《かいとう》ＤＸ《デラックス》はその奥《おく》に悠然《ゆうぜん》と立《た》ち、ゆっくりと顔《かお》を上《あ》げる。

「フフフ……、予告通《よこくどお》り大事《だいじ》なひみつ道具《どうぐ》をいただきに来《き》た！」

その時《とき》、電気《でんき》がついてあたりが明《あか》るくなる。

同時《どうじ》にドラえもんたちが一斉《いっせい》に武器《ぶき》を放《はな》った。

「ドカーン！」

ドラえもんの『空気砲《くうきほう》』やのび太《た》の『ショックガン』を皮切《かわき》りに、空気《くうき》の弾《たま》や光線《こうせん》が怪《かい》盗《とう》ＤＸ《デラックス》に一斉《いっせい》に向《む》かっていく。

しかし怪盗《かいとう》ＤＸ《デラックス》はひらりとジャンプして、軽々《かるがる》と攻撃《こうげき》を避《よ》けていった。

「早《はや》い！」

射撃《しゃげき》には自信《じしん》があるのび太《た》だったが、なかなか怪盗《かいとう》ＤＸ《デラックス》をとらえられない。

「ボクの鈴《すず》を返《かえ》せ！」

ドラえもんの『空気砲《くうきほう》』も怪盗《かいとう》ＤＸ《デラックス》は空中《くうちゅう》で体《からだ》を反《そ》らせて、見事《みごと》に避《よ》けてしまう。

と、そこへしずかの放《はな》った『空気砲《くうきほう》』の弾《たま》が、怪盗《かいとう》ＤＸ《デラックス》の背中《せなか》に命中《めいちゅう》した。

しかしマントは、『ひらりマント』のように攻撃《こうげき》を弾《はじ》くようになっているのか、空気砲《くうきほう》の攻撃《こうげき》は反射《はんしゃ》して奥《おく》へ飛《と》んでいく。

怪盗《かいとう》DX《デラックス》は高台《たかだい》の柱《はしら》の上《うえ》に、ひらりと着地《ちゃくち》した。

「ダメだ、攻撃《こうげき》が効《き》かない……！」

ドラえもんが悲痛《ひつう》な声《こえ》をあげる。

しかしそこへマスタード警部《けいぶ》が走《はし》ってきて、一同《いちどう》の前《まえ》に立《た》った。

「怪盗《かいとう》DX《デラックス》！　俺《おれ》と勝負《しょうぶ》しろ！」

すると怪盗《かいとう》DX《デラックス》がヒゲをピクリと動《うご》かした。

「フ……、面白《おもしろ》い」

「………」

二人《ふたり》はじっとにらみ合《あ》う。

マスタード警部《けいぶ》が腰《こし》のポーチに手《て》をやる。

怪盗《かいとう》DX《デラックス》はシルクハットを取《と》って、中《なか》に手《て》を差《さ》し込《こ》んだ。

辺《あた》りに緊張《きんちょう》が走《はし》る。

先《さき》に動《うご》いたのはマスタード警部《けいぶ》だった。

ポーチから何《なに》かを取《と》り出《だ》して、怪盗《かいとう》DX《デラックス》に向《む》けてかかげた。

「『手《て》なげミサイル』！」

それはミサイル型《がた》のひみつ道具《どうぐ》だった。名前《なまえ》の通《とお》り手《て》で投《な》げる小型《こがた》のミサイルで、必《かなら》ず標的《ひょうてき》に命中《めいちゅう》させることができる。

一方《いっぽう》で怪盗《かいとう》DX《デラックス》はシルクハットの中《なか》から、マント型《がた》のひみつ道具《どうぐ》を取《と》り出《だ》す。どうやらシルクハットは四次元《よじげん》ポケットのようになんでも取《と》り出《だ》せるらしい。

「『ひらりマント』！」

こちらも名前《なまえ》の通《とお》り、まるで闘牛士《とうぎゅうし》のマントのように、迫《せま》ってくるものをひらりと避《よ》けることができるひみつ道具《どうぐ》だ。

両者《りょうしゃ》は道具《どうぐ》をかかげたまま、「ムム……」とにらみ合《あ》う。

すると直後《ちょくご》、マスタード警部《けいぶ》が動《うご》いた。再《ふたた》びポーチからひみつ道具《どうぐ》を出《だ》してかかげる。

「『とうめいマント』！」

すると怪盗《かいとう》DX《デラックス》もそれに応《こた》える。

「『とうしめがね』！」

またもやマスタード警部《けいぶ》の番《ばん》だ。

「『自信《じしん》ヘルメット』！」

「『自信《じしん》ぐらつ機《き》』！」

怪盗《かいとう》DX《デラックス》も負《ま》けてはいない。

どうやら両者《りょうしゃ》はひみつ道具《どうぐ》を出《だ》し合《あ》って、その効果《こうか》を競《きそ》わせているようだ。『手《て》なげミサイル』を『ひらりマント』で避《よ》けたり、『とうめいマント』で姿《すがた》を消《け》しても『とうしめがね』で見抜《みぬ》き、『自信《じしん》ヘルメット』で自信《じしん》をつけても『自信《じしん》ぐらつ機《き》』でそれを失《うしな》わせたり……。

その後《ご》も、二人《ふたり》は次々《つぎつぎ》にひみつ道具《どうぐ》を出《だ》し合《あ》っていく。

「『ギシンアンキ』！」「『スナオン』！」

「『マジックお尻《しり》』！」「『マジックおなか』！」

「『あいこグローブ』！」「『お返《かえ》しハンド』！」

「『風神《ふうじん》うちわ』！」「『バショー扇《せん》』！」

「『ソノウソホント』！」「『ウソ800《エイトオーオー》』！」

「『逆時計《ぎゃくどけい》』！」「『タンマウォッチ』！」

「『台風発生機《たいふうはっせいき》』！」「『安全《あんぜん》ガス』！」

「『空間入《くうかんい》れかえ機《き》』！」「『空間《くうかん》ひんまげテープ』！」

「『無生物《むせいぶつ》しきぼう』！」「『無生物《むせいぶつ》さいみんメガホン』！」

……二人《ふたり》の激《はげ》しい攻防《こうぼう》に、ドラえもんはおののく。

「す、すさまじい戦《たたか》いだ……」

「そ、そうなの……？」

のび太《た》や他《ほか》の面々《めんめん》には、なかなか理解《りかい》が及《およ》ばず、いまいちピンと来《き》ていない様子《ようす》だ。

やがてマスタード警部《けいぶ》と怪盗《かいとう》ＤＸ《デラックス》は力《ちから》を出《だ》し尽《つ》くしたのか、互《たが》いに肩《かた》を落《お》とし、ゼエゼエと息切《いきぎ》れしている。それでもマスタード警部《けいぶ》はあきらめなかった。

「『強力《きょうりょく》ウルトラスーパーデラックス錠《じょう》』！」

しかし怪盗《かいとう》ＤＸ《デラックス》も力《ちから》を振《ふ》り絞《しぼ》る。

「『ドジバン』！」

ついにマスタード警部《けいぶ》は限界《げんかい》を迎《むか》えた。

「くそ～！　勝負《しょうぶ》がつかん！」

「え～い、こうなったら実力行使《じつりょくこうし》だ！」

怪盗《かいとう》ＤＸ《デラックス》もこれ以上《いじょう》はひみつ道具勝負《どうぐしょうぶ》を挑《いど》む気《き》はないようだ。シルクハットをかぶり、両手《りょうて》を大《おお》きく広《ひろ》げる。

「出《い》でよ！　DX軍団《デラックスぐんだん》！」

するとどこからともなく、ザッザッザッと行進《こうしん》の音《おと》が聞《き》こえてきた。

ドラえもんたちが見回《みまわ》すと、四方《しほう》から大量《たいりょう》の『ころばし屋《や》』がこちらへ向《む》かって行進《こうしん》してくる。

「こ、『ころばし屋《や》』だ！」

直後《ちょくご》、『ころばし屋《や》』がのび太《た》に向《む》けて発砲《はっぽう》した。ポンと放《はな》たれたその勢《いきお》いで、のび太《た》はズデンと転《ころ》ばされる。

「のび太《た》くん！」

ドラえもんとしずかが駆《か》け寄《よ》ると、二人《ふたり》にも『ころばし屋《や》』が迫《せま》り来《く》る。

「DX《デラックス》の手下《てした》として、改造《かいぞう》されてるんだ！」

言《い》うや否《いな》や、ドラえもんは『空気砲《くうきほう》』で『ころばし屋《や》』を吹《ふ》き飛《と》ばす。空気《くうき》の力《ちから》で『ころばし屋《や》』は飛《と》ばされたが、次《つぎ》から次《つぎ》へとやってくる。

激《はげ》しい撃《う》ち合《あ》いが始《はじ》まった。

のび太《た》やしずか、そしてクルトもそれぞれに応戦《おうせん》して、『ころばし屋《や》』を吹《ふ》き飛《と》ばすが、『ころばし屋《や》』の攻撃《こうげき》で次々《つぎつぎ》に転《ころ》ばされていく。

それは雲《くも》やＵＦＯ《ユーフォー》に乗《の》っているジャイアンやスネ夫《お》も同《おな》じだった。攻撃《こうげき》を受《う》けてＵＦＯ《ユーフォー》がひっくり返《かえ》り、「うわっ！」とスネ夫《お》は地面《じめん》に落下《らっか》する。

「いてててて……」

なんとか起《お》き上《あ》がったものの、目《め》の前《まえ》に巨大《きょだい》な『ころばし屋《や》』が迫《せま》っていた。その銃口《じゅうこう》がスネ夫《お》にぴったりと狙《ねら》いを定《さだ》めている。

「ぎゃあああああっ！」

その攻撃《こうげき》が放《はな》たれる直前《ちょくぜん》、『ころばし屋《や》』が横《よこ》に吹《ふ》っ飛《と》ばされた。ジャイアンが放《はな》った『空気砲《くうきほう》』が命中《めいちゅう》したのだ。

「ジャイアン！」

スネ夫《お》が見《み》ると、ジャイアンは「フン！」とガッツポーズを決《き》める。

「スネ夫《お》、こっちだ！」

ジャイアンはスネ夫《お》を呼《よ》び寄《よ》せる。

するとそこへドラえもんが吹《ふ》っ飛《と》ばされてきた。転《ころ》ばされて床《ゆか》へ頭《あたま》を打《う》ち付《つ》けたドラえもんだったが、手近《てぢか》にあった展示品《てんじひん》の刀型《かたながた》のひみつ道具《どうぐ》を見《み》つける。

刀《かたな》を手《て》に取《と》り、ドラえもんは思《おも》い切《き》り振《ふ》りかぶった。

「『名刀電光丸《めいとうでんこうまる》』！　とりゃあああっ！」

それは相手《あいて》の動《うご》きをキャッチするレーダーが組《く》み込《こ》まれていて、自動的《じどうてき》に相手《あいて》を倒《たお》すことができるという、便利《べんり》なひみつ道具《どうぐ》だ。

ドラえもんは『名刀電光丸《めいとうでんこうまる》』を振《ふ》り回《まわ》して、『ころばし屋《や》』をバッタバッタとなぎ倒《たお》していく。

またしずかも負《ま》けてはいない。『空気砲《くうきほう》』を手放《てばな》したしずかは、一体《いったい》の『ころばし屋《や》』を拾《ひろ》い上《あ》げ、大《おお》きく上《うえ》から振《ふ》り下《お》ろして、他《ほか》の『ころばし屋《や》』に向《む》かって攻撃《こうげき》を放《はな》つ。

そしてのび太《た》はシャーロック・ホームズ姿《すがた》のまま、愛用《あいよう》のステッキを振《ふ》り上《あ》げて『ころばし屋《や》』に向《む》かって、しゃにむに叩《たた》きつけていた。

「バリツ！　バリツ！　バリツ！」

との掛《か》け声《ごえ》を連呼《れんこ》しているが、これはシャーロック・ホームズが得意《とくい》としていた（と、される）架空《かくう》の日本式《にほんしき》の武術《ぶじゅつ》のことだ。『ころばし屋《や》』は、のび太《た》のバリツから必死《ひっし》に逃《に》げ回《まわ》っている。

一方《いっぽう》で、『名刀電光丸《めいとうでんこうまる》』を振《ふ》り回《まわ》していたドラえもんは、『ころばし屋《や》』の攻撃《こうげき》を受《う》けて、

『名刀電光丸《めいとうでんこうまる》』を弾《はじ》き飛《と》ばされてしまった。

「あっ！　うわ〜〜〜っ！」

たちまち『ころばし屋《や》』たちがドラえもんを取《と》り囲《かこ》む。

その様子《ようす》を見《み》たマスタード警部《けいぶ》は、ポーチから水鉄砲《みずでっぽう》を取《と》り出《だ》して、ドラえもんに向《む》かって投《な》げた。

「これを使《つか》え！」

ドラえもんが受《う》け取《と》ろうと手《て》を伸《の》ばす——が、宙《ちゅう》を舞《ま》う水鉄砲《みずでっぽう》に向《む》かって、再《ふたた》び『ころばし屋《や》』が攻撃《こうげき》を放《はな》ち、水鉄砲《みずでっぽう》を遠《とお》くへ飛《と》ばした。

水鉄砲《みずでっぽう》はドラえもんから離《はな》れていってしまう。

その隙《すき》を怪盗《かいとう》ＤＸ《デラックス》は見逃《みのが》さなかった。

マントをバッと広《ひろ》げると、小《ちい》さな円盤《えんばん》のようなものをいくつも一斉《いっせい》に投《な》げ放《はな》った。円盤《えんばん》はそれぞれ地面《じめん》に張《は》りついて一瞬《いっしゅん》で大《おお》きくなり、水《みず》がはった泉《いずみ》に変《か》わった。『きこりの泉《いずみ》』だ。

その一《ひと》つに、水鉄砲《みずでっぽう》が落下《らっか》する。

すると泉《いずみ》から光《ひかり》が放《はな》たれて、中《なか》から女神《めがみ》ロボットが姿《すがた》を現《あらわ》した。その手《て》には、立派《りっぱ》な水《みず》鉄砲《でっぽう》が握《にぎ》られている。そして他《ほか》の『きこりの泉《いずみ》』からも同《おな》じように水鉄砲《みずでっぽう》を構《かま》えた女神《めがみ》ロボットが一斉《いっせい》に姿《すがた》を現《あらわ》した。

「あなたの落《お》とした水鉄砲《みずでっぽう》は……」「水鉄砲《みずでっぽう》は……」「水鉄砲《みずでっぽう》は……」「水鉄砲《みずでっぽう》は……」

女神《めがみ》ロボットたちはいつものセリフを申《もう》し合《あ》わせたように告《つ》げる。そして、

「──これですか？」

というセリフと共《とも》に、水鉄砲《みずでっぽう》から水《みず》が同時《どうじ》に発射《はっしゃ》され、ドラえもんたちに襲《おそ》いかかった。

これら『きこりの泉《いずみ》』も、怪盗DX《かいとうデラックス》によって改造《かいぞう》されていたのだ。

「うわあああっ！」

逃《に》げるドラえもんの足元《あしもと》に、『ころばし屋《や》』が攻撃《こうげき》を加《くわ》え、ズデンと転《ころ》ばされる。

女神《めがみ》ロボットは泉《いずみ》から外《そと》へ出《で》て、前進《ぜんしん》しながらのび太《た》たちに向《む》けて水鉄砲《みずでっぽう》を放《はな》ち続《つづ》けた。

ドラえもんやのび太《た》、クルトたちが逃《に》げ惑《まど》う中《なか》、怪盗DX《かいとうデラックス》は時機《じき》を得《え》たといわんばかりに、柱《はしら》から飛《と》び降《お》りて、「アハハハハッ！」と笑《わら》いながら、なんでも館《かん》の中《なか》を飛《と》び回《まわ》る。

そして展示《てんじ》されていた『どくさいスイッチ』と『フエルミラー』、『虫《むし》の知《し》らせアラーム』、『救《すく》いの手《て》』を次々《つぎつぎ》にシルクハットの中《なか》へしまい込《こ》んだかと思《おも》うと、地面《じめん》に着地《ちゃくち》し、『ぬけ穴《あな》ボールペン』で足元《あしもと》に円《えん》を描《えが》く。

そして、描《えが》いた円《えん》のそばにスッと立《た》ち上《あ》がると、シルクハットをかぶり直《なお》した。

「さて皆《みな》さま、ショーは終《お》わりです！」

顔《かお》を上《あ》げ、怪盗《かいとう》ＤＸ《デラックス》は指《ゆび》をパチンと鳴《な》らした。

その直後《ちょくご》、『ころばし屋《や》』や『きこりの泉《いずみ》』の女神《めがみ》ロボットが、ポン！　ポン！　と次々《つぎつぎ》に小《ちい》さい爆発《ばくはつ》を起《お》こし、煙《けむり》と紙吹雪《かみふぶき》に変《か》わっていく。

一同《いちどう》が呆然《ぼうぜん》とするなか、怪盗《かいとう》ＤＸ《デラックス》は敬意《けいい》を込《こ》めて一礼《いちれい》した。

「では、さらばっ！」

怪盗《かいとう》ＤＸ《デラックス》は超空間《ちょうくうかん》の穴《あな》の中《なか》へ飛《と》び込《こ》んでいく。

「ま、待《ま》て！　ボクの鈴《すず》！」

ドラえもんがあわてて駆《か》け寄《よ》ろうとするも、『パトボール』につまずいて転《ころ》んでしまった。

その間《あいだ》に怪盗《かいとう》ＤＸ《デラックス》の消《き》えた穴《あな》は、小《ちい》さくなって跡形《あとかた》もなくなる。

「いててて……」

ドラえもんが体《からだ》を起《お》こしたが、すでに怪盗《かいとう》ＤＸ《デラックス》の姿《すがた》はおろか、笑《わら》い声《ごえ》すら聞《き》こえない。

あとには、紙吹雪《かみふぶき》の散《ち》らかったなんでも館《かん》と、ただ呆然《ぼうぜん》とたたずむのび太《た》たちだけが残《のこ》されていた――。

11 しずかの推理《すいり》

ようやく目《め》を覚《さ》ました『パトボール』が、静《しず》かに監視《かんし》を始《はじ》める。

怪盗《かいとう》DX《デラックス》が去《さ》った後《あと》、めちゃくちゃになったなんでも館《かん》では、マスタード警部《けいぶ》をはじめ警官《けいかん》たちが捜査《そうさ》に当《あ》たっていた。

マスタード警部《けいぶ》は、「くそっ」と悔《くや》しがりながら、あたりを見回《みまわ》す。

すると見慣《みな》れぬものが落《お》ちているのを見《み》つけた。小走《こばし》りで駆《か》け寄《よ》り、ハンカチに包《つつ》んで拾《ひろ》い上《あ》げる。それは小《ちい》さな豆《まめ》のようなひみつ道具《どうぐ》だった。

「『鬼《おに》は外《そと》ビーンズ』……。そうか、私《わたし》がここに来《き》た時《とき》に……」

おそらく警部《けいぶ》が自然館《しぜんかん》から逃《に》げてきた時《とき》に、一緒《いっしょ》に抜《ぬ》け穴《あな》を通《とお》ってきたのだろう。

その時《とき》、部下《ぶか》が「警部《けいぶ》、『フエルミラー』もやられたそうです！」と報告《ほうこく》した。

マスタード警部《けいぶ》は「くそっ」とつぶやいて、『鬼《おに》は外《そと》ビーンズ』を内《うち》ポケットにしまい込《こ》んだ。

その時《とき》、警部《けいぶ》の視線《しせん》の先《さき》、ドラえもんたちが立《た》っているところの近《ちか》くで、超空間《ちょうくうかん》の穴《あな》が開《あ》いた。穴《あな》からヨロヨロとフィークス館長《かんちょう》が姿《すがた》を現《あらわ》す。

「か、館長《かんちょう》！」

クルトが駆《か》け寄《よ》ると、館長《かんちょう》は「ああ……」と力《ちから》なく答《こた》える。

「どこにいたんだ？」

マスタード警部《けいぶ》やドラえもんたちも近《ちか》づいていく。

「いや、自然館《しぜんかん》に行《い》ったとたん、『鬼《おに》は外《そと》ビーンズ』で外《そと》にやられてしまって……」

しかし館長《かんちょう》の言葉《ことば》を聞《き》いたジャイアンとスネ夫《お》はいぶかしげに館長《かんちょう》を見《み》つめる。

マスタード警部《けいぶ》は思《おも》い出《だ》したように叫《さけ》んだ。

「ああ、そうだ！　自然館《しぜんかん》はどうなったんだ？」

「それが、警備《けいび》が放《ほう》り出《だ》されただけで、盗《ぬす》まれたものは何《なに》もないそうです」

近《ちか》くにいた部下《ぶか》の警官《けいかん》が答《こた》える。

「なんだって？　一体全体《いったいぜんたい》、どうなってるんだ……。う～む、自然館《しぜんかん》の襲撃《しゅうげき》はなんのためだったのか……」

マスタード警部《けいぶ》は首《くび》をひねって考《かんが》え込《こ》む。

「あ～、わけがわからん！」

怪盗《かいとう》DX《デラックス》の考《かんが》えていることはわからないことだらけだ。

するとのび太《た》が進《すす》み出《で》て、胸《むね》をトンと叩《たた》く。

「大丈夫《だいじょうぶ》！　事件《じけん》はこのシャーロックのび太《た》が、ズバッと解決《かいけつ》してみせましょう！」

のび太《た》はポケットからパイプ型《がた》のひみつ道具《どうぐ》を出《だ》して、ビシッとかかげる。

「『ズバリパイプ』！――は、詰《つ》まってるから……」

この言葉《ことば》に一同《いちどう》がずっこけるのを尻目《しりめ》に、のび太《た》は『手《て》がかりレンズ』を取《と》り出《だ》した。

「『手《て》がかりレンズ』、怪盗《かいとう》DX《デラックス》の手《て》がかりを教《おし》えて！」

一同《いちどう》は一斉《いっせい》にレンズをのぞき込《こ》む。

するとレンズの中《なか》に、扉《とびら》がくるくると回《まわ》る様子《ようす》が映《うつ》し出《だ》された。

「ん～？」

「なんだこりゃ？」

「ドアが回《まわ》ってる……」

ドラえもんやジャイアン、のび太《た》が全《まった》くわからないと首《くび》をひねる。

「ドアがぐるぐる……」

「ぐるぐる回転《かいてん》……」

スネ夫《お》やしずかも見当《けんとう》がつかないようだ。

一同《いちどう》は「ん～」としばらく悩《なや》んだのち、「パス！」と一斉《いっせい》に声《こえ》を揃《そろ》えた。

「もう少《すこ》しわかりやすいヒントを出《だ》してよ！」

のび太《た》は『手《て》がかりレンズ』をペシペシと叩《たた》く。

しずかがマスタード警部《けいぶ》に顔《かお》を向《む》けた。

「警部《けいぶ》さん、盗《ぬす》まれたものはなんだったんですか？」

「『フエルミラー』、『虫《むし》の知《し》らせアラーム』、『どくさいスイッチ』、『救《すく》いの手《て》』の四《よっ》つだ」

警部《けいぶ》は指《ゆび》を折《お》って数《かぞ》えながら挙《あ》げていく。

「それに『ビッグライト』とドラちゃんの鈴《すず》、全部《ぜんぶ》で六《むっ》つ……」

しずかも数《かぞ》える。「どうしてその六《むっ》つを盗《ぬす》んだのかしら……？　何《なに》か理由《りゆう》が……共通点《きょうつうてん》があるはずよ」

その推理《すいり》に一同《いちどう》は「お～」と納得《なっとく》した様子《ようす》でしずかを見《み》つめる。のび太《た》が勇《いさ》んで、『手《て》がかりレンズ』をかかげた。

「よし！『手《て》がかりレンズ』、六《むっ》つの共通点《きょうつうてん》、今度《こんど》こそわかりやすいヒントをくれ！」

するとレンズの中《なか》にまた映像《えいぞう》が映《うつ》し出《だ》される。それはどこかの建物《たてもの》のようだ。

「んん～？　なんだこれ？」

「工場《こうじょう》みたいだけど……」

のび太《た》とドラえもんが首《くび》をひねると、マスタード警部《けいぶ》がのぞき込《こ》んでハッと気《き》づく。

「これは……ひみつ道具《どうぐ》の修理工場《しゅうりこうじょう》だ！」

「え？」

一同《いちどう》が疑問《ぎもん》に思《おも》ったところで、のび太《た》は切《き》り札《ふだ》を出《だ》した。

「よーし、ここで『推理《すいり》ぼう』のつばを弾《はじ》くと、頭《あたま》が冴《さ》える！」

のび太《た》は帽子《ぼうし》のつばをピーンと弾《はじ》いた。

「のびビビーン！」

頭《あたま》が冴《さ》え渡《わた》る。

のび太《た》はくるりと回《まわ》って手《て》を広《ひろ》げ、ジャンプして「ひらめいた！」と叫《さけ》んだ。

「館長《かんちょう》！　盗《ぬす》まれたひみつ道具《どうぐ》が修理《しゅうり》に出《だ》された日《ひ》を調《しら》べてください！」

「は、はい！」

館長《かんちょう》はあわてて端末《たんまつ》を取《と》り出《だ》して操作《そうさ》する。空中《くうちゅう》にモニタの画面《がめん》が表示《ひょうじ》された。

「んん……？　これは！」

館長《かんちょう》が何《なに》かに気《き》づいたように空中《くうちゅう》の画面《がめん》を弾《はじ》く。くるりと回転《かいてん》して、モニタがのび太《た》たちの方《ほう》を向《む》いた。

「見《み》てください。盗《ぬす》まれたものはすべて同《おな》じ日《ひ》に修理工場《しゅうりこうじょう》に出《だ》されています！」

「え⁉」

モニタには、ひみつ道具《どうぐ》の『修理依頼表《しゅうりいらいひょう》』が映《うつ》っていた。そこには先《さき》ほど盗《ぬす》まれたひみつ道具《どうぐ》が並《なら》んでいて、すべて同《おな》じ日付《ひづけ》が記《しる》されている。

「そういえば、ボクの鈴《すず》もこの日《ひ》に修理《しゅうり》に出《だ》したんだ！」

ドラえもんは日付《ひづけ》を見《み》て叫《さけ》ぶ。点《てん》と点《てん》がつながっていく。

するとドラえもんの後《うし》ろでマスタード警部《けいぶ》が何《なに》かに気《き》づいた。

「この工場《こうじょう》、この日付《ひづけ》……、これはペプラー博士《はかせ》が捕《つか》まった日《ひ》だ！」

「ええっ⁉」

一同《いちどう》はその名前《なまえ》に驚《おどろ》いて振《ふ》り返《かえ》る。

たった一人《ひとり》、ビクッと身《み》をかたくしたクルトを除《のぞ》いて……。

クルトには何《なに》か知《し》られてはいけないことがあるようだ。

「この島《しま》を追放処分《ついほうしょぶん》になったはずのペプラー博士《はかせ》が、島《しま》に戻《もど》っているという情報《じょうほう》が入《はい》ってね……。捜査《そうさ》の末《すえ》に休日《きゅうじつ》のこの工場《こうじょう》に潜《もぐ》り込《こ》んでいたところを引《ひ》っ捕《と》らえたってわけだ。何《なに》か妙《みょう》な装置《そうち》を作《つく》っていたが、そいつは没収《ぼっしゅう》され、ヤツはすぐまた追放《ついほう》になったんだが……」

マスタード警部《けいぶ》の説明《せつめい》に、ドラえもんが声《こえ》を上《あ》げる。

「その時《とき》、ボクの鈴《すず》と他《ほか》の五《いつ》つに何《なに》かしたんだよ、きっと!」

「ペプラー博士《はかせ》と怪盗《かいとう》DX《デラックス》は何《なに》か関係《かんけい》があるのね!」

「うん、きっとそうだ!」

しずかとのび太《た》が確信《かくしん》する一方《いっぽう》で、クルトは押《お》し黙《だま》っている。その目《め》は焦《あせ》っているようにも見《み》えた。

「そうとわかったら、こうしちゃいられん。私《わたし》はペプラーのことを洗《あら》い直《なお》してくる!」

マスタード警部《けいぶ》は部下《ぶか》のところへ向《む》かっていく。

「わ、私《わたし》も調《しら》べてきます!」

館長《かんちょう》も少《すこ》しあわてた様子《ようす》で、どこかへ駆《か》け出《だ》していった。

「よし、ボクたちはペプラー博士《はかせ》の居場所《いばしょ》を捜《さが》そう!」

ドラえもんがのび太《た》を振《ふ》り返《かえ》ると、「『レーダーステッキ』だね！」とのび太《た》が手《て》に持《も》っていたステッキをかかげた。

「ペプラー博士《はかせ》はどこだ⁉」

ステッキを地面《じめん》に立《た》てて、手《て》を離《はな》す。

が、ステッキはふらふらと揺《ゆ》れた後《あと》、ナナメに傾《かたむ》いたままで止《と》まってしまった。

「あれ？」

「倒《たお》れないじゃないか〜」

スネ夫《お》が疑《うたが》うように言《い》う。

「ハハ……これも壊《こわ》れてるんじゃないのかな？」

クルトが『レーダーステッキ』を手《て》に取《と》ろうとしたとたん、しずかが何《なに》かに気《き》づいた。

「ちょっと待《ま》って！」

しずかはステッキの頭《あたま》が指《さ》している方向《ほうこう》へ向《む》かって走《はし》り出《だ》した。

その先《さき》には大《おお》きな柱《はしら》があり、階段《かいだん》の絵《え》が飾《かざ》られている。

「これを指《さ》してるんじゃないかしら？」

絵《え》に近《ちか》づいて、しずかはみんなを振《ふ》り返《かえ》る。

「ええ～、まさか……」

クルトはどこか話《はなし》をそらそうとするように答《こた》えた。

「いや、案外《あんがい》そうかも……」

ジャイアンがそうつぶやいた直後《ちょくご》、しずかが絵《え》に触《さわ》った。

「きゃっ！」

すると絵《え》からスパークが走《はし》り、絵《え》の中《なか》から階段《かいだん》が飛《と》び出《だ》して、こちらに伸《の》びてくる。まるでだまし絵《え》のように階段《かいだん》は床《ゆか》につながった。

「おお～っ」

ジャイアンとスネ夫《お》が呆然《ぼうぜん》と見《み》つめ、ドラえもんは驚《おどろ》いてネコ化《か》してしまった。

「しずかちゃん、冴《さ》えてる！」

スネ夫《お》が喜《よろこ》ぶ声《こえ》を受《う》け、しずかは嬉《うれ》しそうに進《すす》み出《で》て、「行《い》ってみましょ！」と階段《かいだん》を上《のぼ》っていく。

「ちょ……あぶないよ」

そう言《い》って、クルトはあわてて後《あと》を追《お》う。

「のび太《た》よりしずかちゃんの方《ほう》がホームズっぽいかも」

「ボ、ボクだってホントは気《き》がついてたもん！」

スネ夫《お》のせせら笑《わら》いに気《き》を悪《わる》くしたのび太《た》は、推理《すいり》ぼうを整《ととの》えながらみんなについていこうとする。

その時《とき》だった。

背後《はいご》から「キュイキュイ〜！」と声《こえ》が聞《き》こえ、遠《とお》くからポポンが飛《と》んできた。

クルトが叫《さけ》ぶ。

「ポポン！」

「抜《ぬ》け出《だ》して来《き》ちゃったの？」

ポポンはのび太《た》の横《よこ》を通《とお》り過《す》ぎて、クルトにまっすぐ向《む》かっていく。

「ポポン、来《き》ちゃダメじゃないか」

クルトが仕方《しかた》ないなあ、というようにつぶやいて、ポポンを見《み》つめる。

と、ポポンが止《と》まった。クルトを見《み》て頭《あたま》を傾《かし》げたかと思《おも》うと、ポポンはしずかの方《ほう》へ飛《と》んでいって頭《あたま》に乗《の》った。

「あら？　どうしたの？」

「ハハ……しょうがないヤツだな。女《おんな》の子《こ》の方《ほう》がいいのかな？」

「…………」

どこか言《い》い繕《つくろ》うように笑《わら》い飛《と》ばしたクルトとポポンの様子《ようす》に、のび太《た》はなんだか違和感《いわかん》を持《も》ち、小首《こくび》を傾《かし》げた。

「さあ、先《さき》へ進《すす》もう！」

ドラえもんの声《こえ》に、一同《いちどう》は絵《え》の中《なか》の階段《かいだん》へ入《はい》っていく。

暗《くら》い階段《かいだん》を上《のぼ》りながら、クルトが腕時計型《うでどけいがた》の端末《たんまつ》で何《なに》かを発信《はっしん》したことなど、誰《だれ》も気《き》づくはずもなかった。

＊　＊　＊

のび太《た》たちは『レーダーステッキ』の導《みちび》きに沿《そ》って、暗《くら》い通路《つうろ》の中《なか》を進《すす》んでいく。

比較的広《ひかくてきひろ》い通路《つうろ》に出《で》た時《とき》、ガガガ！　と急《きゅう》に正面《しょうめん》の床《ゆか》がせり上《あ》がって、壁《かべ》のように行《ゆ》く手《て》を塞《ふさ》いだ。

「！」

一同《いちどう》が驚《おどろ》いて立《た》ち止《ど》まっている間《あいだ》に、後方《こうほう》の床《ゆか》もせり上《あ》がって塞《ふさ》がっていく。

「しまった！　閉《と》じ込《こ》められるぞ！」

ドラえもんが叫《さけ》んだが遅《おそ》かった。

すると前方《ぜんぽう》の壁《かべ》から、不気味《ぶきみ》な顔《かお》をした巨大《きょだい》なひみつ道具《どうぐ》が煙《けむり》を巻《ま》き上《あ》げながら現《あらわ》れた。

「うわあっ！」

「『ゴルゴンの首《くび》』だ！　目《め》から出《で》る光線《こうせん》に当《あ》たると石《いし》にされるぞ！」

巨大《きょだい》な『ゴルゴンの首《くび》』は突然動《とつぜんうご》き出《だ》す。浮遊《ふゆう》し、こちらへ向《む》かって近《ちか》づいてきた。

「と、飛《と》べるのか!?」

ドラえもんが驚《おどろ》いたのもつかの間《ま》、『ゴルゴンの首《くび》』の目《め》から青白《あおじろ》いビームが放《はな》たれる。石化光線《せきかこうせん》だ。

のび太《た》たちがとっさに避《よ》けると、『ゴルゴンの首《くび》』はそのまままっすぐ進《すす》んで、のび太《た》たちの頭上《ずじょう》を通《とお》り過《す》ぎていく。部屋《へや》の隅《すみ》まで行《い》くと、U《ユー》ターンして再《ふたた》びこちらを標的《ひょうてき》にとらえた。

「わあああああっ！」

悲鳴《ひめい》を上《あ》げるのび太《た》の前《まえ》に、進《すす》み出《で》てきたのはポポンだった。ポポンは決意《けつい》を込《こ》め、『ゴルゴンの首《くび》』の中身《なかみ》を吸《す》い取《と》ろうと、目《め》を光《ひか》らせる。

が、『ゴルゴンの首《くび》』のビームは強力《きょうりょく》だった。ポポンを光線《こうせん》の中《なか》にとらえ、そのまま空《くう》中《ちゅう》にいるジャイアンとスネ夫《お》を石化《せきか》させようとする。

「うわあっ！」

ジャイアンはなんとか避《よ》けたが、スネ夫《お》の乗《の》っているUFO《ユーフォー》は石化《せきか》させられてしまった。

石化《せきか》したポポンと、乗《の》り物《もの》を失《うしな》ったスネ夫《お》が同時《どうじ》に地面《じめん》へ落《お》ちていく。

「ポポン！」

クルトがポポンに飛《と》びつく。地面《じめん》に落《お》ちるギリギリでポポンを抱《だ》きとめた。

「ママ――っ！」

落下《らっか》していくスネ夫《お》を助《たす》けに向《む》かったのはジャイアンだった。ジャイアンは雲《くも》の乗《の》り物《もの》を猛《もう》スピードで操《あやつ》りながら、スネ夫《お》を落下直前《らっかちょくぜん》で受《う》け止《と》める。

「ギリギリセーフ！」

ジャイアンはホッとして拳《こぶし》を握《にぎ》った。

一方《いっぽう》クルトは、石《いし》になったポポンをそっと見《み》つめる。

「はぁ、どこも欠《か》けてない」

が、そのクルトを大《おお》きな影《かげ》が覆《おお》い尽《つ》くす。『ゴルゴンの首《くび》』がクルトに迫《せま》っていた。

「！」

その時《とき》、『ゴルゴンの首《くび》』に横《よこ》からコツンと靴《くつ》が当《あ》たった。『ゴルゴンの首《くび》』が振《ふ》り返《かえ》る。

その先《さき》には、片方《かたほう》の靴《くつ》がないのび太《た》とドラえもん、しずかがいた。

のび太《た》はクルトを助《たす》けようと自分《じぶん》の靴《くつ》を投《な》げたものの、いざ『ゴルゴンの首《くび》』がこちらを向《む》くと、恐《おそ》ろしさで動《うご》けなくなってしまったらしい。

「ドラえもん、何《なに》か道具《どうぐ》～！」

「で、でもこの中《なか》には～っ！」

ドラえもんはポケットに手《て》を入《い》れようとしない。

「何《なに》やってんだよ！」

のび太《た》は構《かま》わず、四次元《よじげん》ポケットに手《て》を突《つ》っ込《こ》んだ。

中《なか》でスッポンロボがガブッと噛《か》みつき、のび太《た》の指《ゆび》に激痛《げきつう》が走《はし》る。

「ぎゃあああっ！　そうだった～～～っ！」

悲鳴《ひめい》を上《あ》げたのび太《た》だったが、そのまま手《て》を抜《ぬ》かなかったのが幸《さいわ》いした。

その隙《すき》に隣《となり》にいたしずかが、ポケットに手《て》を突《つ》っ込《こ》む。スッポンロボがのび太《た》を噛《か》んでいる間《あいだ》に、しずかはポケットの中《なか》を探《さぐ》る。

しかしその間《あいだ》にも『ゴルゴンの首《くび》』は三人《さんにん》に迫《せま》っていた。

ドラえもんたちに向《む》けて、ピカーンと目《め》を光《ひか》らせる。

「わあああっ！」

石化光線《せきかこうせん》が放《はな》たれる——その直前《ちょくぜん》、しずかがポケットから手《て》を引《ひ》き抜《ぬ》いた。その手《て》には手鏡《てかがみ》が握《にぎ》られている。

しずかが手鏡《てかがみ》を『ゴルゴンの首《くび》』に向《む》かって構《かま》えた瞬間《しゅんかん》、石化光線《せきかこうせん》が放《はな》たれた。光線《こうせん》は鏡《かがみ》に反射《はんしゃ》して、『ゴルゴンの首《くび》』の全体《ぜんたい》を覆《おお》い尽《つ》くす。

「ウォーーーン」

と悲《かな》しむような声《こえ》を上《あ》げて、『ゴルゴンの首《くび》』は石化《せきか》していく。そしてバランスを崩《くず》し、そのまま地面《じめん》に倒《たお》れた。

一同《いちどう》が呆然《ぼうぜん》と見《み》つめるなか、ドラえもんが笑顔《えがお》に変《か》わる。

「しずかちゃん、カッコいい～！」

「ふぅ……」

しずかは安心《あんしん》したのか、地面《じめん》にへたり込《こ》んだ。

12 怪盗《かいとう》DX《デラックス》の正体《しょうたい》

クルトが『ゴルゴンの首《くび》』の頭《あたま》に付《つ》いていた蛇《へび》を引《ひ》っ張《ぱ》る。すると蛇《へび》から音波《おんぱ》が広《ひろ》がって、音波《おんぱ》を浴《あ》びたポポンの石化《せきか》が解《と》けていく。

「キュー？」

元《もと》に戻《もど》ったポポンは、何度《なんど》かまばたきして辺《あた》りをキョロキョロと見回《みまわ》した。

「よかった〜」

しずかがホッと胸《むね》をなで下《お》ろした。「やれやれ」とクルトが立《た》ち上《あ》がる隣《となり》で、ポポンはしずかの頭《あたま》に飛《と》び乗《の》った。

「へっぽこは全然役《ぜんぜんやく》に立《た》たなかったな」

ジャイアンがポポンをからかうと、「キュ〜」とポポンが怒《おこ》って膨《ふく》れる。

その様子《ようす》を見《み》てみんなが安心《あんしん》したように笑《わら》った。

「あ、ねえ見《み》て！　あそこから先《さき》に行《い》けそうだよ！」

スネ夫《お》が『ゴルゴンの首《くび》』が出《で》てきた場所《ばしょ》の奥《おく》を指《ゆび》さす。その壁《かべ》には超空間《ちょうくうかん》の穴《あな》があいていた。

「よし、行《い》こう！」

ドラえもんの掛《か》け声《ごえ》で、「わあ！」と走《はし》り出《だ》したみんなに、クルトは何《なに》か言《い》おうとしたが、あきらめてみんなの後《あと》を追《お》いかけていった。

そんななか、のび太《た》は靴《くつ》を片方《かたほう》落《お》としたことを思《おも》い出《だ》し、辺《あた》りを見回《みまわ》していた。

「あった……！」

『ゴルゴンの首《くび》』の近《ちか》くに落《お》ちていた靴《くつ》を履《は》いて、みんなのところへ行《い》こうとすると、部《へ》屋《や》の隅《すみ》に何《なに》かが落《お》ちているのに気《き》づいた。

「ん？」

近《ちか》づいてみると、それは端末《たんまつ》だった。

「これ、クルトの……。クルト！」

振《ふ》り返《かえ》って叫《さけ》んだが、声《こえ》は届《とど》かなかったようだ。クルトは振《ふ》り返《かえ》らず、超空間《ちょうくうかん》の穴《あな》に入《はい》っていく。

「あ……待《ま》ってよ～！」

のび太《た》はクルトを追《お》いかけて、穴《あな》に入《はい》っていった。

超空間《ちょうくうかん》の穴《あな》がつながっていたのは、大《おお》きな六角形《ろっかくけい》の広場《ひろば》のような場所《ばしょ》だった。六角形《ろっかくけい》の角《かど》それぞれに高《たか》い天井《てんじょう》まで伸《の》びた柱《はしら》があり、壁《かべ》にはいろいろな高《たか》さの位置《いち》にいくつも出入《でい》り口《ぐち》がある。

ドラえもんは部屋《へや》の真《ま》ん中《なか》へやってきた。

「分《わ》かれ道《みち》だ」

「どっちへ行《い》ったらいいのかしら……」

しずかが不安《ふあん》げに見回《みまわ》した。

のび太《た》はふと手《て》にしていた端末《たんまつ》を見《み》る。地図《ちず》を見《み》られるかも、と思《おも》ったのだ。

しかしそこに映《うつ》っていた予想外《よそうがい》の表示《ひょうじ》に、のび太《た》はハッと目《め》をみはる。

「えっ……」

小《ち》さく声《こえ》を発《はっ》したその時《とき》だった。

「そこまでだ……！」

声《こえ》の方《ほう》を見上《みあ》げると、のび太《た》たちの頭上《ずじょう》に超空間《ちょうくうかん》の穴《あな》が出現《しゅつげん》し、そこから怪盗《かいとう》ＤＸ《デラックス》がザッと飛《と》び降《お》りてきた。

怪盗DX《かいとうデラックス》はふわりと地面《じめん》に降《お》り立《た》つと、一同《いちどう》の前《まえ》に立《た》ちはだかる。

「怪盗DX《かいとうデラックス》！」

ドラえもんの声《こえ》に、怪盗DX《かいとうデラックス》は冷《つめ》たく見《み》つめ返《かえ》す。

「ここから先《さき》へは行《い》かせないぞ」

「何《なに》っ」

にらみ合《あ》う二人《ふたり》の一方《いっぽう》で、のび太《た》は端末《たんまつ》と怪盗DX《かいとうデラックス》を交互《こうご》に見《み》ていた。信《しん》じられない、
というような表情《ひょうじょう》で、何度《なんど》も確認《かくにん》を繰《く》り返《かえ》す。

「そんなバカな……これは……」

そしてのび太《た》は決意《けつい》を込《こ》めて、ゆっくりと口《くち》を開《ひら》いた。

「怪盗DX《かいとうデラックス》、君《きみ》の正体《しょうたい》がわかったよ……」

のび太《た》の真剣《しんけん》な声《こえ》に、みんなは一斉《いっせい》に振《ふ》り返《かえ》る。

「ええっ!?」

怪盗DX《かいとうデラックス》はじっと無言《むごん》で見《み》つめていた。

のび太《た》は言葉《ことば》を続《つづ》ける。

「怪盗DX《かいとうデラックス》……その正体《しょうたい》は……」

その時《とき》だった。のび太《た》の前《まえ》に雲《くも》に乗《の》ったジャイアンとスネ夫《お》が躍《おど》り出《で》た。

二人《ふたり》は、怪盗DX《かいとうデラックス》にビシッと指《ゆび》を突《つ》きつけて叫《さけ》ぶ。

「ズバリ！　フィークス館長《かんちょう》だ！」

二人《ふたり》の声《こえ》に、ドラえもんたちが「えええええっ⁉」と驚《おどろ》く。

しかしのび太《た》の冷静《れいせい》な声《こえ》が響《ひび》いた。

「それは違《ちが》います」

カクッとドラえもんたちは首《くび》を落《お》とす。

「な、な、なんで⁉　絶対館長《ぜったいかんちょう》だって！」

「そうだ！　館長《かんちょう》が怪《あや》しい！」

スネ夫《お》とジャイアンが口々《くちぐち》に訴《うった》えるが、のび太《た》は冷静《れいせい》な表情《ひょうじょう》を崩《くず》さない。

その姿《すがた》はまさしく名探偵《めいたんてい》シャーロック・ホームズ、そのものだった。

「いいえ……DX《デラックス》の本当《ほんとう》の正体《しょうたい》は……、クルトだ！」

と、怪盗DX《かいとうデラックス》をステッキの頭《あたま》で指《さ》し示《しめ》した。

「えええ〜〜〜っ⁉」

ドラえもんたちは驚《おどろ》く――が、すぐにやれやれとあきれる。

「……って、クルトはこっちにいるじゃないか！」

スネ夫《お》が目《め》の前《まえ》のクルトを指《ゆび》さすと、クルトは困《こま》ったように頭《あたま》に手《て》をやった。

「君《きみ》は実《じつ》にバカだな……」

ドラえもんがどこかで聞《き》いたセリフを発《はっ》して、のび太《た》をじとりと見《み》つめた。

しかしのび太《た》は構《かま》わず、説明《せつめい》を始《はじ》めた。

「諸君《しょくん》、思《おも》い出《だ》してほしい。『手《て》がかりレンズ』が映《うつ》し出《だ》したヒントを」

スネ夫《お》が思《おも》い出《だ》しながら答《こた》える。

「ああ、ぐるぐる回《まわ》るドアね」

「いや、あれはドアではなく〝戸《と》〟なんだ。くるくる回《まわ》る戸《と》……つまり、クルトだ！」

と、のび太《た》はきっぱりと告《つ》げる。

しかしみんなはまだ信《しん》じられないというように首《くび》を振《ふ》った。スネ夫《お》が叫《さけ》ぶ。

「こじつけだよ！」

「バカだねえ。実《じつ》にバカだね」

またドラえもんがどこかで聞《き》いたセリフを発《はっ》して、あきれて頭《あたま》を振《ふ》る。

のび太《た》の解説《かいせつ》は続《つづ》いていく。

「そしてポポンの態度《たいど》もおかしかった。なんでも館《かん》に現《あらわ》れた時《とき》、真《ま》っ先《さき》にクルトに飛《と》びつくと思《おも》ったのに、飛《と》び乗《の》ったのはしずかちゃんの頭《あたま》だった」

のび太《た》がずっと気《き》になっていたことだった。

するとクルトがどこかホッとしたように笑顔《えがお》を見《み》せる。

「そ、そんなの、しずかちゃんが気《き》に入《い》っただけだろ？」

しかしのび太《た》の追及《ついきゅう》は止《と》まらなかった。

「そして何《なに》より、決定的《けっていてき》な証拠《しょうこ》がこれだ！」

と、のび太《た》はクルトの端末《たんまつ》をかかげる。クルトはハッと気《き》づいて腰《こし》のポーチを探《さぐ》るが、もちろん端末《たんまつ》は入《はい》っていない。

「クルトがさっき落《お》としたんだ。みんなの居場所《いばしょ》を示《しめ》すこのモニタをよく見《み》てほしい」

のび太《た》は画面《がめん》をみんなの方《ほう》に向《む》けた。

そこにはそれぞれの居場所《いばしょ》を色《いろ》のついた丸《まる》で表《あらわ》した、この部屋《へや》の地図《ちず》が表示《ひょうじ》されていた。

その画面《がめん》の違和感《いわかん》に一同《いちどう》は「あ〜〜〜っ！」と声《こえ》をあげる。

「クルトの白《しろ》い丸《まる》が、二《ふた》つある！」

ドラえもんが叫《さけ》んだ。

一体《いったい》どういうことだろう……。

ドラえもん、しずか、ジャイアンとスネ夫《お》はクルトを見《み》つめる。

呆然《ぼうぜん》と動《うご》かないクルトの方《ほう》へ、のび太《た》が歩《ある》き出《だ》した。

「そう……そして、これが示《しめ》す答《こた》えはただ一《ひと》つ……」

のび太《た》はクルトの目《め》の前《まえ》に立《た》った。

「こっちのクルトの正体《しょうたい》は……これだっ！」

のび太《た》はクルトの鼻《はな》に手《て》を伸《の》ばし、素早《すばや》く押《お》し込《こ》んだ。

「！」

クルトは動《うご》きを止《と》める。その直後《ちょくご》、シュルシュルとクルトの体《からだ》が小《ちい》さくなり、姿形《すがたかたち》が変《へん》化《か》して無機質《むきしつ》な形《かたち》のロボットに戻《もど》っていった。

ドラえもんたちが一斉《いっせい》に叫《さけ》ぶ。

「『コピーロボット』！」

床《ゆか》に転《ころ》がっている『コピーロボット』から目《め》を上《あ》げ、のび太《た》は怪盗《かいとう》DX《デラックス》を見《み》つめた。

「クルト、どうしてなんだ……」

のび太《た》は確信《かくしん》しているように、クルトの名《な》を呼《よ》ぶ。

「わ、私《わたし》は……クルトなんかじゃない！」

あわてて否定《ひてい》する怪盗DX《かいとうデラックス》だったが、のび太《た》はその姿《すがた》を寂《さび》しそうに見《み》つめていた。

「クルトが……ドラえもんの鈴《すず》を盗《と》った犯人《はんにん》だったなんて……」

のび太《た》は静《しず》かにうつむき、信《しん》じたくないといった様子《ようす》でつぶやく。

怪盗DX《かいとうデラックス》はその言葉《ことば》を聞《き》いて、観念《かんねん》したようだ。

肩《かた》を落《お》とし、モノクルと呼《よ》ばれる片眼鏡《かためがね》から垂《た》れているヒモを、下《した》に引《ひ》いた。

それがスイッチになっていたのか、怪盗DX《かいとうデラックス》はシュルッと姿《すがた》を変《か》え、クルトが現《あらわ》れた。

クルトは蝶《ちょう》ネクタイの形《かたち》に小《ちい》さくなった怪盗DX《かいとうデラックス》のスーツを、スッと手《て》に取《と》る。

一同《いちどう》が呆然《ぼうぜん》と見《み》つめるなか、ポポンが「キュイ〜ン！」と嬉《うれ》しそうに飛《と》び上《あ》がった。

ポポンはそのままクルトの頭《あたま》に飛《と》び乗《の》って甘《あま》え始《はじ》める。

「キュイキュイ」

まぎれもなく、本物《ほんもの》のクルトの証《あかし》だった。

「……ごめん、みんな……」

のび太《た》が歩《あゆ》み寄《よ》る。

「クルト、どうしてDX《デラックス》なんかになったの？」

「それは……師匠《ししょう》の夢《ゆめ》を叶《かな》えるためなんだ……」

「クルトの先生《せんせい》……？」

クルトはゆっくりと事情《じじょう》を語《かた》り始《はじ》めた。

＊　＊　＊

それはクルトがいつものように博物館《ミュージアム》を見回《みまわ》っていた時《とき》のことだった。

偶然《ぐうぜん》落《お》ちていたバナナの皮《かわ》でズルッと転《ころ》びそうになったクルトは、とっさに展示物《てんじぶつ》の『ゴルゴンの首《くび》』の口《くち》に手《て》を突《つ》っ込《こ》んだ。

中《なか》でカチッと音《おと》がして、足元《あしもと》に突然《とつぜん》、超空間《ちょうくうかん》の穴《あな》が開《あ》く。穴《あな》は地下《ちか》のペプラー博士《はかせ》の秘密基地《ひみつきち》の近《ちか》くにつながっていた。

そう、ドラえもんが手《て》を突《つ》っ込《こ》んだ『ゴルゴンの首《くび》』と同《おな》じ物《もの》だ。その超空間《ちょうくうかん》の穴《あな》は、ペプラー博士《はかせ》とジンジャーが作《つく》ったものだったのだ。

その時《とき》、クルトはジンジャーそしてペプラー博士《はかせ》と初《はじ》めて出会《であ》った。

「やがてボクは博士《はかせ》に道具作《どうぐづく》りを教《おそ》わりながら、博士《はかせ》の仕事《しごと》を手伝《てつだ》うようになったんだ」

クルトは語《かた》り続《つづ》ける。

「仕事《しごと》？」

ドラえもんが尋《たず》ねると、クルトはゆっくりと顔《かお》を上《あ》げた。

「博士《はかせ》はずっとペプラーメタルの研究《けんきゅう》をしているんだ」

「ペプラーメタル？」

しずかが聞《き》き返《かえ》す。

「残《のこ》り少《すく》ないフルメタルの代《か》わりになる、新《あたら》しい金属《きんぞく》だよ。博士《はかせ》はひみつ道具《どうぐ》の修理工場《しゅうりこうじょう》なんかに忍《しの》び込《こ》んでは、部品《ぶひん》をくすねたり、機材《きざい》を使《つか》ったりしながら、装置《そうち》を作《つく》り続《つづ》けていたそうなんだ。でもあの日《ひ》、ついに警察《けいさつ》に足取《あしど》りをつかまれて……」

それはマスタード警部《けいぶ》が言《い》っていた、ペプラー博士《はかせ》を修理工場《しゅうりこうじょう》で捕《つか》まえた日《ひ》のことだった。捕《つか》まる直前《ちょくぜん》、ペプラー博士《はかせ》は研究成果《けんきゅうせいか》であるマイクロチップを手近《てぢか》にあった修理中《しゅうりちゅう》の六《むっ》つのひみつ道具《どうぐ》の中《なか》に一《ひと》つずつ埋《う》め込《こ》んで隠《かく》した。

その一《ひと》つに――。

「――ボクの鈴《すず》があったのか」

クルトの話《はなし》でドラえもんは理由《りゆう》を知《し》る。

つまりドラえもんの鈴《すず》には、ペプラー博士《はかせ》の大切《たいせつ》なマイクロチップが入《はい》っていたのだ。

出所後《しゅっしょご》、ペプラー博士《はかせ》はマイクロチップを隠《かく》した六《むっ》つのひみつ道具《どうぐ》のうち五《いっ》つは、ひみつ道具博物館《どうぐミュージアム》から修理《しゅうり》に出《だ》されていたことを知《し》る。

それを取《と》り戻《もど》すミッションに名乗《なの》り出《で》たのがクルトだった。

クルトはペプラー博士《はかせ》にアドバイスをもらいながら、怪盗《かいとう》DXスーツ《デラックス》作《づく》りに着手《ちゃくしゅ》し、やがて見事《みごと》に完成《かんせい》させる。ジンジャーは反対《はんたい》したが、予告状《よこくじょう》の制作《せいさく》も忘《わす》れなかった。

怪盗《かいとう》といえば予告状《よこくじょう》に決《き》まっている……！

話《はなし》を聞《き》いていたスネ夫《お》が疑問《ぎもん》に思《おも》って、口《くち》を挟《はさ》む。

「ちょ、ちょっと待《ま》って。じゃあ怪《あや》しい館長《かんちょう》の行動《こうどう》は？　あれはいったいなんだったの？」

するとクルトは、「あちゃー」という表情《ひょうじょう》に変《か》わり、しぶしぶ事情《じじょう》を話《はな》し始《はじ》める。

「あ〜、あれはね……へそくり」

「へそくり？」

＊　＊　＊

その頃《ころ》、館長室《かんちょうしつ》にマスタード警部《けいぶ》が飛《と》び込《こ》んできた。

「御用《ごよう》だぁ〜！　神妙《しんみょう》にしろぃ！」

「わぁああっ！」

フィークス館長《かんちょう》はその勢《いきお》いに驚《おどろ》いて両手《りょうて》をあげる。

「フィークス館長《かんちょう》！　自然館《しぜんかん》を襲《おそ》った犯人《はんにん》がまさかあんただったとはな！」

マスタード警部《けいぶ》はズイズイと進《すす》んで、館長《かんちょう》に迫《せま》る。

「そ、そ、そんな、何《なに》かの間違《まちが》いでは……」

するとマスタード警部《けいぶ》は「フフフ……」と含《ふく》み笑《わら》いを浮《う》かべて、胸元《むなもと》から『鬼《おに》は外《そと》ビーンズ』を取《と》り出《だ》した。それは警部《けいぶ》と一緒《いっしょ》に、超空間《ちょうくうかん》の穴《あな》を通《とお》ってなんでも館《かん》に飛《と》んできたものだった。証拠品《しょうこひん》の『鬼《おに》は外《そと》ビーンズ』を拾《ひろ》ったマスタード警部《けいぶ》は、『落《お》としものカムバックスプレー』を使《つか》って、持《も》ち主《ぬし》を捜《さが》し当《あ》てたのだ。

そうとは知《し》らず、『鬼《おに》は外《そと》ビーンズ』を見《み》た館長《かんちょう》は目《め》を見開《みひら》いて驚《おどろ》く。

「バカな！　全部回収《ぜんぶかいしゅう》したはずなのに……ハッ！」

と、あわてて口《くち》をふさぐ――が、遅《おそ》かった。

館長《かんちょう》は『鬼《おに》は外《そと》ビーンズ』を使《つか》ったのが自分《じぶん》であることを、自《みずか》ら白状《はくじょう》してしまったのだ。

しかし館長《かんちょう》は諦《あきら》めが悪《わる》かった。

「ち、違《ちが》う！　私《わたし》じゃない！」

「まだシラを切《き》るか！　『正直電波《しょうじきでんぱ》』！」

マスタード警部《けいぶ》は懐《ふところ》からトランシーバー型《がた》のひみつ道具《どうぐ》を取《と》り出《だ》し、スイッチを入《い》れる。

その電波《でんぱ》を浴《あ》びると、なんでも正直《しょうじき》に話《はな》してしまう道具《どうぐ》だった。

電波《でんぱ》を浴《あ》びた館長《かんちょう》は「あ～っ！」と悲鳴《ひめい》を上《あ》げた後《あと》、ガクッとひざをつく。

「わ～ん！　私《わたし》がやりました～！」

館長《かんちょう》は涙《なみだ》ながらに罪《つみ》を告白《こくはく》し始《はじ》めた。

「うむ、なんでこんなことをしたのか説明《せつめい》してもらおうか？」

マスタード警部《けいぶ》がじっと館長《かんちょう》を見下《みお》ろす。

「じ、実《じつ》はその……私《わたし》のへそくりが……」

モジモジしながら、館長《かんちょう》は言《い》いにくそうに答《こた》える。

「はあ？　へそくり？」

館長《かんちょう》は聞《き》くも涙《なみだ》、語《かた》るも涙《なみだ》の悲《かな》しい話《はなし》を語《かた》り始《はじ》めた——。


それは数ケ月前《すうかげつまえ》のことだった。

金《きん》ぴかのカードにコツコツとへそくりを貯《た》めていた館長《かんちょう》は、たくさん貯《た》まったカードの隠《かく》し場所《ばしょ》を探《さが》していた。そんなとき、目《め》をつけたのが部屋《へや》に広《ひろ》がる芝《しば》を食《た》べている、『芝《しば》刈《か》り魚《うお》』という赤《あか》い魚型《さかながた》のひみつ道具《どうぐ》だった。

館長《かんちょう》は「そうだ！」とひらめく。『芝《しば》刈《か》り魚《うお》』の中《なか》にへそくりを隠《かく》せば、見《み》つかることはない、と考《かんが》えたのだ。

さっそく『何《なん》でも貯金箱製造機《ちょきんばこせいぞうき》』を取《と》り出《だ》し、『芝《しば》刈《か》り魚《うお》』に音波《おんぱ》を当《あ》てる。すると『芝《しば》刈《か》り魚《うお》』がガチン！　と固《かた》まって、即席《そくせき》の貯金箱《ちょきんばこ》になった。

館長《かんちょう》はカードを『芝《しば》刈《か》り魚《うお》』の口《くち》の中《なか》に入《はい》れる。そしてへそくりを取《と》り出《だ》すための暗証《あんしょう》番号《ばんごう》を唱《とな》えた。

「暗証番号《あんしょうばんごう》は、１３２１０９。ひみつどうぐ、なんちゃって〜。グフフフ……」

良《よ》い場所《ばしょ》が見《み》つかったとご機嫌《きげん》の館長《かんちょう》は、秘書《ひしょ》に呼《よ》ばれて会議《かいぎ》に出《で》かけていく。

その後《ご》、部屋《へや》に恐《おそ》ろしいことが待《ま》ち受《う》けているとは知《し》らずに……。


館長《かんちょう》がいなくなった後《あと》のことは、クルトが事情《じじょう》を知《し》っていた。

無人《むじん》の館長室《かんちょうしつ》へ超空間《ちょうくうかん》の穴《あな》を伝《つた》って、ジンジャーがやってきたのだ。

ジンジャーの目的《もくてき》は、館長室《かんちょうしつ》にある紅茶《こうちゃ》とお菓子《かし》だった。ジンジャーは紅茶《こうちゃ》の葉《は》を少《すこ》し拝借《はいしゃく》して、テーブルに置《お》かれていたクッキーを口《くち》に入《い》れる。

「出来合《できあ》いにしちゃ、まあまあね」

このジンジャーの細《こま》かい拝借《はいしゃく》が、〝博物館《ミュージアム》の怪人《かいじん》〟の正体《しょうたい》だったのだ。

しかしジンジャーは一《ひと》つ、失敗《しっぱい》を犯《おか》していた。超空間《ちょうくうかん》の穴《あな》に入《はい》る時《とき》、穴《あな》のふちに腰《こし》の辺《あた》りをトンと打《う》ち付《つ》けて、館長《かんちょう》の机《つくえ》に振動《しんどう》を与《あた》えていたのだ。

その振動《しんどう》で、館長《かんちょう》の机《つくえ》からコロコロとひみつ道具《どうぐ》が落《お》ちる。

それは『タマゴ産《う》ませ燈《とう》』という道具《どうぐ》で、その光《ひかり》を浴《あ》びたものはたとえ生物《せいぶつ》でなくても、タマゴを産《う》んで同《おな》じものができあがる、というものだった。

落《お》ちた弾《はず》みで『タマゴ産《う》ませ燈《とう》』のスイッチが入《はい》り、光《ひかり》を放《はな》つ。その先《さき》には『芝刈《しばか》り魚《うお》』がいた。そして『芝刈《しばか》り魚《うお》』は大量《たいりょう》のタマゴを産《う》み始《はじ》めた……。

数分後《すうふんご》、館長室《かんちょうしつ》へ戻《もど》ってきた館長《かんちょう》と、一緒《いっしょ》に来《き》たゴンスケが目《め》にしたのは、床一面《ゆかいちめん》にあふれかえっている『芝刈《しばか》り魚《うお》』の群《む》れだった。

「な、な、なんじゃこりゃ～!」

館長《かんちょう》は呆然《ぼうぜん》と見《み》つめるが、隣《となり》にいるゴンスケは大量《たいりょう》の『芝刈《しばか》り魚《うお》』を見《み》て、これ幸《さいわ》いとポンとひざを打《う》った。

「こりゃちょうどええ。自然館《しぜんかん》の芝刈《しばか》りにこいつら使《つか》うべ」

と、すぐさま端末《たんまつ》を取《と》り出《だ》して、手続《てつづ》きを始《はじ》める。

館長《かんちょう》が「ええっ?　いやちょっと……」と止《と》めようとするが、へそくりのことを言《い》うわけにはいかず、その時《とき》は事態《じたい》が進《すす》んでいくのを見守《みまも》ることしかできなかった。

そしてそれからというもの、館長《かんちょう》は真夜中《まよなか》になると博物館《ミュージアム》の監視《かんし》システムを止《と》めておける三分間《さんぷんかん》だけ、自然館《しぜんかん》に忍《しの》び込《こ》んで『芝刈《しばか》り魚《うお》』を一匹一匹《いっぴきいっぴき》調《しら》べることになる。

夜《よる》の自然館《しぜんかん》には、館長《かんちょう》の「１３２１０９……これも違《ちが》う～。１３２１０９……違《ちが》う～」

という声《こえ》がむなしく響《ひび》いていた。

だが、そんな涙《なみだ》ぐましい努力《どりょく》を続《つづ》けていた館長《かんちょう》がある日《ひ》、追《お》い詰《つ》められる。調《しら》べていない『芝刈り魚《しばかりうお》』が残《のこ》り四匹《よんひき》になった時《とき》、怪盗DX《かいとうデラックス》から予告状《よこくじょう》が来《き》たのだ。

館長《かんちょう》は万《まん》が一《いち》、怪盗DX《かいとうデラックス》にへそくりの入《はい》った魚《さかな》を盗《と》られたら、と不安《ふあん》になり、『鬼《おに》は外《そと》ビーンズ』で自然館《しぜんかん》から警官《けいかん》たちを追《お》い出《だ》したのだ。

警官《けいかん》がいなくなった隙《すき》に、館長《かんちょう》は自然館《しぜんかん》に来《き》て、残《のこ》り四匹《よんひき》の『芝刈り魚《しばかりうお》』を調《しら》べ上《あ》げた。

そしてついに——。

「ついにやりました！　戻《もど》ってきたんです！　私《わたし》のへそくり～！」

館長《かんちょう》は金《きん》ぴかのカードを握《にぎ》りしめ、喜《よろこ》びの涙《なみだ》を浮《う》かべながらマスタード警部《けいぶ》にすがりつく。

「ああ、そう……よかったね……」

そのままおいおいと泣《な》き始《はじ》めた館長《かんちょう》を見下《みお》ろし、マスタード警部《けいぶ》は、あきれることしかできなかった。

＊　＊　＊

一方《いっぽう》、クルトからすべての事情《じじょう》を聞《き》いたジャイアンとスネ夫《お》は肩《かた》を落《お》とす。

「なんだよ、そんなことかよ～」

「怪《あや》しんで損《そん》した～」

目《め》をつけていた館長《かんちょう》が怪盗《かいとう》DX《デラックス》の正体《しょうたい》ではなかったことが、二人《ふたり》はショックだったらしい。一方《いっぽう》でしずかが首《くび》を傾《かし》げる。

「それにしても……あと一《ひと》つだけわからないことがあるわ。クルトさん、一体《いったい》いつ『コピーロボット』と入《い》れ替《か》わったの？」

するとクルトは、すべてを打《う》ち明《あ》けるといった様子《ようす》で話《はな》し始《はじ》める。

「それは簡単《かんたん》なことだよ。怪盗《かいとう》DX《デラックス》が来《く》る前《まえ》に、ボクがトイレに行《い》っただろう？　その時《とき》、地下《ちか》のペプラー博士《はかせ》の部屋《へや》に行《い》って、『コピーロボット』と入《い》れ替《か》わったんだ。ロボットになんでも館《かん》に帰《かえ》ってもらって、ボクは怪盗《かいとう》DX《デラックス》のスーツを着《き》て君《きみ》たちの前《まえ》に現《あらわ》れた、というからくりさ」

「あの時《とき》戻《もど》ってきたのは、『コピーロボット』の方《ほう》だったのか……」

ドラえもんが確《たし》かめるようにつぶやく。

話《はな》し終《お》えたクルトはスッと顔《かお》を伏《ふ》せた。

「そしてすべて上手《うま》くいった。これでやっとペプラー博士《はかせ》の夢《ゆめ》が叶《かな》うんだ。だから……」

と、顔《かお》を上《あ》げ、ドラえもんたちを見《み》つめる。

その目《め》には揺《ゆ》るぎない決意《けつい》が宿《やど》っていた。

「だから……今《いま》やめるわけにはいかないんだ！」

クルトは振《ふ》り返《かえ》って駆《か》け出《だ》す。

「あっ！」

「クルト！」

ドラえもんとのび太《た》が叫《さけ》ぶのも聞《き》かず、クルトは地下通路《ちかつうろ》へ走《はし》り込《こ》んでいく。

おそらくペプラー博士《はかせ》のもとへ向《む》かうつもりだろう。のび太《た》たちはクルトを追《お》いかけていった。

13 ペプラー博士《はかせ》の謀略《ぼうりゃく》

ペプラー博士《はかせ》は巨大《きょだい》なペプラーメタル製造機《せいぞうき》の前《まえ》で、最後《さいご》の仕上《しあ》げにかかっていた。正面《しょうめん》のパネルにタッチすると、そこから円筒形《えんとうけい》の機械《きかい》が蒸気《じょうき》と共《とも》に飛《と》び出《だ》し、緻密《ちみつ》に張《は》り巡《めぐ》らされた回路《かいろ》が現《あらわ》れる。回路《かいろ》の数《すう》ケ所《しょ》に小《ちい》さな正方形《せいほうけい》の空白部分《くうはくぶぶん》があった。

ペプラー博士《はかせ》は手《て》に握《にぎ》りしめたマイクロチップを一《ひと》つずつ、その正方形《せいほうけい》の部分《ぶぶん》に置《お》いていく。チップは全部《ぜんぶ》で五枚《ごまい》あった。

その頃《ころ》、クルトはドラえもんたちから逃《のが》れて、通路《つうろ》を走《はし》っていた。右《みぎ》に曲《ま》がって暗《くら》い通路《つうろ》に飛《と》び込《こ》むと、壁《かべ》に設置《せっち》されているスイッチを押《お》してそのまま走《はし》って行《い》く。

通路《つうろ》の角《かど》まで追《お》いかけてきたのび太《た》たちの目《め》の前《まえ》で、上《うえ》から扉《とびら》がおりてきて行《ゆ》く手《て》を塞《ふさ》ごうとする。

「あっ！」

のび太《た》が叫《さけ》んだ横《よこ》で、ジャイアンが雲《くも》の乗《の》り物《もの》のスピードを上《あ》げる。閉《と》じていく扉《とびら》のすき間《ま》に、猛《もう》スピードで飛《と》び込《こ》んでいった。

が、間《ま》に合《あ》わない！

ジャイアンは覚悟《かくご》を決《き》めて、

「おりゃあああああっ！」

と雲《くも》の乗《の》り物《もの》からジャンプ、ジャイアンの背中《せなか》につかまっていたスネ夫《お》が、「ひぃぃぃっ！」と悲鳴《ひめい》を上《あ》げた。

間一髪《かんいっぱつ》、二人《ふたり》は扉《とびら》のすき間《ま》を通《とお》り抜《ぬ》けた。

雲《くも》の乗《の》り物《もの》は、扉《とびら》と床《ゆか》に挟《はさ》まれてボン！　と小《ちい》さく爆発《ばくはつ》してしまった。

勢《いきお》いそのままに、ジャイアンとスネ夫《お》は暗《くら》い通路《つうろ》に投《な》げ出《だ》された。ジャイアンはうまくいったことがわかると、「フン！」とガッツポーズを決《き》めた。その隣《となり》でスネ夫《お》はへたり込《こ》んでいた。

背後《はいご》の閉《し》まった扉《とびら》の向《む》こうから、「ジャイア〜ン！」「スネ夫《お》〜！」と、ドラえもんとのび太《た》の心配《しんぱい》そうな声《こえ》が聞《き》こえてくる。ジャイアンは扉《とびら》に向《む》かって叫《さけ》んだ。

「大丈夫《だいじょうぶ》だ！　ドアを開《あ》けられるか、やってみる！」

ドラえもんはポケットにスッポンロボがいて、期待《きたい》できない。ならば自分《じぶん》たちが頑張《がんば》るしかない。

ジャイアンは辺《あた》りを見回《みまわ》すと壁《かべ》のスイッチを見《み》つけた。

あれは、きっと……。

スイッチの手前《てまえ》にはおあつらえ向《む》きに、荷物《にもつ》にシートが掛《か》けられていて、なんとか登《のぼ》れそうだ。心《こころ》を決《き》め、ジャイアンとスネ夫《お》は小《ちい》さな体一《からだひと》つで荷物《にもつ》のシートを登《のぼ》り始《はじ》めた。

「あれを押《お》せば……ドアが開《ひら》く！」

ジャイアンは力《ちから》を込《こ》めて、シートにつかまって体《からだ》を持《も》ち上《あ》げていく。

一方《いっぽう》でスネ夫《お》は、ジャイアンほど上手《うま》く登《のぼ》れていなかった。震《ふる》える足元《あしもと》が気《き》になり、つい下《した》を見《み》てしまう。思《おも》っていたよりも地面《じめん》が遥《はる》か下《した》に見《み》えた瞬間《しゅんかん》、

「ぎゃあああっ！」

驚《おどろ》いたスネ夫《お》は、足《あし》を滑《すべ》らせてしまった。

「うわあ！」

「スネ夫《お》！」

ジャイアンが手《て》を伸《の》ばしたが届《とど》かない。スネ夫《お》の体《からだ》はずり下《さ》がり、シートから滑《すべ》り落《お》ちていく。

「うわあああ！　うべっ！　どへっ！　ぶほっ！」

と、積《つ》まれていた数々《かずかず》のひみつ道具《どうぐ》に当《あ》たりながら落下《らっか》する。ひみつ道具《どうぐ》が『ドリームプレイヤー』、『カメレオン帽子《ぼうし》』、『かんにんぶくろ』と柔《やわ》らかいものだったのも幸《さいわ》いだったのだろう、スネ夫《お》はなんとか無事《ぶじ》に床《ゆか》についた。

「た、助《たす》かった……」

スネ夫《お》があたりを見回《みまわ》すと、目《め》の前《まえ》に巨大《きょだい》な機械《きかい》が置《お》かれていた。見覚《みおぼ》えのある形《かたち》のライト型《がた》のひみつ道具《どうぐ》だ。

「これは……『ビッグライト』だ！」

なるほど、怪盗《かいとう》DX《デラックス》すなわちクルトが盗《ぬす》んで、ここに置《お》いていったのだろう。

しかし『ビッグライト』は分解《ぶんかい》されたあとがあった。

迷《まよ》っているヒマはない。スネ夫《お》は『ビッグライト』に近寄《ちかよ》って、飛《と》び出《だ》している配線《はいせん》を片《かた》っ端《ぱし》からつないでいく。

普段《ふだん》からラジコンをいじっているスネ夫《お》は、電子機器《でんしきき》なら少《すこ》し知識《ちしき》はある。たとえひみつ道具《どうぐ》であっても、通電《つうでん》させるくらいなら可能《かのう》だ。

「えっと……これをこうして、こうしたら……」

知識《ちしき》を総動員《そうどういん》して配線《はいせん》コードをつないでいくと、バチッバチッとスパークが起《お》きた。

電気《でんき》が通《とお》った……！

直後《ちょくご》、『ビッグライト』の発光部《はっこうぶ》から光《ひかり》が放《はな》たれる。その光《ひかり》の先《さき》にはシートにつかまっているジャイアンがいた。

「おおっ！　おお……おおっ！」

ジャイアンの体《からだ》がムクムクと大《おお》きくなり始《はじ》める。『ビッグライト』の効果《こうか》だ。

大《おお》きくなったジャイアンはすぐさま壁《かべ》のスイッチを押《お》し込《こ》む。

ゆっくりと扉《とびら》が開《あ》いて、ドラえもんとのび太《た》、しずかが飛《と》び込《こ》んできた。

「元《もと》に戻《もど》れたの⁉」

中《なか》を見《み》てのび太《た》が驚《おどろ》く。

「スネ夫《お》のお手柄《てがら》だ！」

「へへっ！」

自分《じぶん》にもライトの光《ひかり》を当《あ》てて元《もと》に戻《もど》ったスネ夫《お》は、ジャイアンの言葉《ことば》に笑顔《えがお》を見《み》せた。

そして、五人《ごにん》は通路《つうろ》の先《さき》へ駆《か》けだしていった。

＊＊＊

ペプラー博士《はかせ》は仕上《しあ》げの作業《さぎょう》に取《と》りかかっていた。

合流《ごうりゅう》したクルトが心配《しんぱい》そうに見守《みまも》るなか、マイクロチップは一《ひと》つを残《のこ》してすべて設置《せっち》し終《お》えていた。

「あと一《ひと》つ……！　さあジンジャー、あれを返《かえ》すんだ」

ペプラー博士《はかせ》はジンジャーへ手《て》を差《さ》し出《だ》す。

「え〜、気《き》に入《い》ってたのに〜」

ジンジャーは口《くち》をとがらせながらも、足元《あしもと》にしゃがむ。ジンジャーのブーツには、鈴《すず》の飾《かざ》りが取《と》り付《つ》けられていた。その左足《ひだりあし》の黄色《きいろ》の鈴《すず》は、まさしくドラえもんの鈴《すず》だった。クルトが怪盗《かいとう》ＤＸ《デラックス》として盗《ぬす》んできたものをジンジャーにプレゼントしたのだろう。

ジンジャーは鈴《すず》をペプラー博士《はかせ》に手渡《てわた》す。

すると博士《はかせ》は道具《どうぐ》入《い》れから包丁《ほうちょう》を取《と》り出《だ》した。作業台《さぎょうだい》に鈴《すず》を置《お》いて、包丁《ほうちょう》をまっすぐに振《ふ》り上《あ》げた。

「あああああっ！」

ちょうどその時《とき》、ドラえもんたちが研究室《けんきゅうしつ》に駆《か》け込《こ》んできた。

ドラえもんが、「ボクの鈴《すず》が〰〰っ！」と叫《さけ》んだのもむなしく、ペプラー博士《はかせ》は包丁《ほうちょう》を一気《いっき》に振《ふ》り下《お》ろして、ドラえもんの鈴《すず》を真《ま》っ二《ぷた》つに切《き》ってしまった。

半分《はんぶん》になった鈴《すず》の片方《かたほう》がコロリと転《ころ》がり、切《き》り口《くち》から細《こま》かい回路《かいろ》がむき出《だ》しになる。

「ああ……あ……」

ドラえもんが絶望《ぜつぼう》してへたり込《こ》む一方《いっぽう》で、ペプラー博士《はかせ》は回路《かいろ》の中《なか》から最後《さいご》のマイクロチップを取《と》り出《だ》した。

「フフフ……これですべての部品《ぶひん》がそろった！」

ペプラー博士《はかせ》はのび太《た》たちを見《み》て、不敵《ふてき》に笑《わら》う。

「お前《まえ》たちもそこで見《み》ているがいい！　この世界《せかい》が変《か》わる瞬間《しゅんかん》を！」

ペプラー博士《はかせ》は最後《さいご》のマイクロチップを設置場所《せっちばしょ》にカチッと置《お》く。するとチップの置《お》かれた回路《かいろ》が光《ひか》り、円筒形《えんとうけい》の機械《きかい》は回転《かいてん》しながら大型《おおがた》の装置《そうち》に戻《もど》っていく。

ウイーン……ウイーン……！

ペプラーメタル製造《せいぞう》マシンが作動《さどう》し始《はじ》めた。光《ひかり》の筋《すじ》が装置《そうち》の外側《そとがわ》に向《む》かって走《はし》り、光《ひかり》のオーラのようなものが湧《わ》き出《で》てくる。

「フフフ……ハハハハハ……！　ついに始《はじ》まったぞ！」

装置《そうち》からあふれ出《だ》す光《ひかり》を背《せ》にして、ペプラー博士《はかせ》は両手《りょうて》を広《ひろ》げた。

「まずは手始《てはじ》めに、この博物館《ミュージアム》のすべてのフルメタルを、ペプラーメタルに変《か》えてやる！ハハハハ！　アーッハッハッハッハ……！」

ペプラー博士《はかせ》の笑《わら》い声《ごえ》と共《とも》に、空間《くうかん》にプラズマが走《はし》って、空気《くうき》がバチバチと弾《はじ》けた。

作業台《さぎょうだい》の上《うえ》で真《ま》っ二《ぷた》つになっていたドラえもんの鈴《すず》が輝《かがや》き出《だ》す。

「おお……！　おおおおお……！」

ペプラー博士《はかせ》とクルトは固唾《かたず》をのんで、鈴《すず》を見《み》つめていた。

——がその時《とき》、おかしなことが起《お》きた。

鈴《すず》が突然《とつぜん》、青《あお》い光《ひかり》の粒《つぶ》となって消《き》え始《はじ》めたのだ。まるで空中《くうちゅう》に溶《と》け出《だ》すかのように、光《ひかり》の粒《つぶ》はゆっくりと上昇《じょうしょう》して、消滅《しょうめつ》していく。

「な、何《なに》……⁉」

ペプラー博士《はかせ》は目《め》を見開《みひら》き、鈴《すず》が消《き》えていくさまを呆然《ぼうぜん》と見《み》つめる。

その時《とき》、博物館《ミュージアム》の中《なか》でも不思議《ふしぎ》なことが起《お》きていた。

なんでも館《かん》や自然館《しぜんかん》、宇宙館《うちゅうかん》などに置《お》かれているあらゆるひみつ道具《どうぐ》が、鈴《すず》と同《おな》じように消《き》えていったのだ。

館長室《かんちょうしつ》にいたフィークス館長《かんちょう》とマスタード警部《けいぶ》も、机《つくえ》の上《うえ》のひみつ道具《どうぐ》が消《き》えていくのを、わけがわからないというように見《み》つめている。

「ひみつ道具《どうぐ》が……」

「消《き》えていく……」

そしてロボット館《かん》でも、ゴンスケが空《そら》に消《き》えていくロボットたちを見《み》て、「何事《なにごと》だぁ？」とつぶやく。

さらにもちろん、ロボット館《かん》にある巨大《きょだい》なガードロボを拘束《こうそく》している鎖《くさり》についても例外《れいがい》ではなかった。フルメタルで作《つく》られた鎖《くさり》が消《き》えると共《とも》に、ガードロボの拘束《こうそく》が解《と》け、ズシンとロボは倒《たお》れる。

土煙《つちけむり》の中《なか》で、ゴウン……と不気味《ぶきみ》な音《おと》が聞《き》こえた。

「ボ、ボクの鈴《すず》が……」

完全《かんぜん》に空中《くうちゅう》に溶《と》けてしまった鈴《すず》を見《み》て、ドラえもんが悲《かな》しそうにつぶやく。

その隣《となり》でのび太《た》が声《こえ》を上《あ》げた。

「ああ……！　『シャーロック・ホームズセット』も！」

「発信器《はっしんき》も……！」

のび太《た》の着《き》ていた『シャーロック・ホームズセット』だけではない。しずかやスネ夫《お》、ジャイアンの胸《むね》についていた博物館《ミュージアム》の発信器《はっしんき》も、すっかり消《き》えてなくなってしまった。

「こ、これは一体《いったい》……！」

ペプラー博士《はかせ》は近《ちか》くの操作《そうさ》パネルに飛《と》びついて、調《しら》べ始《はじ》める。

「なぜこんなことが……バカな……」

「何《なに》が……どうなったんだ……」

ドラえもんがペプラー博士《はかせ》を見《み》つめてつぶやく。

「フルメタルが……消滅《しょうめつ》した……」

「え……？」

クルトが聞《き》き返《かえ》す。

「博物館《ミュージアム》の中《なか》のすべてのフルメタルが、消《き》えてしまったんじゃ～っ！」

「ええええ!?」

ペプラー博士《はかせ》の衝撃《しょうげき》の告白《こくはく》に、一同《いちどう》は今一度《いまいちど》、驚《おどろ》いた。

その時《とき》、ドラえもんが何《なに》かに気《き》づいて、バッとポケットの中《なか》をのぞき込《こ》む。

「いない……！　スッポンロボが消《き》えてる！」

「じゃあ、他《ほか》の道具《どうぐ》も……」

しずかの言葉《ことば》にドラえもんはポケットに手《て》を突《つ》っ込《こ》み、中《なか》のものを取《と》り出《だ》そうとする
――が、出《で》てくるのはやかんや帽子《ぼうし》、するめいかや下駄《げた》など、ひみつ道具《どうぐ》とはいえない代《しろ》物《もの》ばかりだ。

「残《のこ》ってるのはガラクタだけだ……。ひみつ道具《どうぐ》がぜんぶ消《き》えちゃった……！」

「えええっ!?」

のび太《た》たちが驚《おどろ》くなかで、ドラえもんは愕然《がくぜん》としてぺたりと座《すわ》り込《こ》む。

「ああ……なんということだ！　また失敗《しっぱい》だとは……！」

ペプラー博士《はかせ》はがっくりと肩《かた》を落《お》とした。

と、その肩《かた》をポンと叩《たた》いたのはジンジャーだった。

「いいのよ、私《わたし》はがっかりなんかしてないわ」

「ジンジャー……」

博士《はかせ》は申《もう》し訳《わけ》なさそうにジンジャーを振《ふ》りかえる。

「だって、絶対失敗《ぜったいしっぱい》すると思《おも》ってたもの」

ジンジャーは天使《てんし》の微笑《ほほえ》みを見《み》せて、悪魔《あくま》の言葉《ことば》を告《つ》げる。

「あ～っ！　慰《なぐさ》めになってない～～～っ！」

ペプラー博士《はかせ》が頭《あたま》をかかえて、嘆《なげ》いたその瞬間《しゅんかん》、部屋《へや》の中《なか》に警報《けいほう》が鳴《な》り響《ひび》いた。

「⁉」

「な、なんだ……？」

ドラえもんが警戒《けいかい》して見上《みあ》げた。

14 暴走《ぼうそう》

警報《けいほう》の原因《げんいん》を突《つ》き止《と》めるべく、フィークス館長《かんちょう》とマスタード警部《けいぶ》がやってきたのは『太《たい》陽製造機《ようせいぞうき》』のある地下室《ちかしつ》だった。

『太陽製造機《たいようせいぞうき》』の一部《いちぶ》が作動《さどう》していない様子《ようす》を見《み》て、館長《かんちょう》は呆然《ぼうぜん》とつぶやく。

「こ、これは……どうなっているんだ。『太陽製造機《たいようせいぞうき》』が……」

とその時《とき》、二人《ふたり》の近《ちか》くから声《こえ》が聞《き》こえた。

「ああっ……！」

声《こえ》を上《あ》げたのはクルトだった。

「クルト……！」

館長《かんちょう》とマスタード警部《けいぶ》が見《み》ると、超空間《ちょうくうかん》の穴《あな》からクルトだけではなく、ドラえもんたちやジンジャー、そしてペプラー博士《はかせ》が出《で》てきて、『太陽製造機《たいようせいぞうき》』を見上《みあ》げる。

「なんということだ……」

ペプラー博士《はかせ》の姿《すがた》を見《み》て、マスタード警部《けいぶ》がギロリと目《め》を鋭《するど》くする。

「あ！　あいつは……ペプラー！」

「！」

ペプラー博士《はかせ》がマスタード警部《けいぶ》に気《き》づいて目《め》を見張《みは》ると、警部《けいぶ》は腕《うで》に手《て》をやって意気込《いきご》む。

「貴様《きさま》、こんなところに……逮捕《たいほ》してや――」

「待《ま》て！」

ペプラー博士《はかせ》はマスタード警部《けいぶ》を鋭《するど》く制止《せいし》する。

「今《いま》はそんなことを言《い》っている場合《ばあい》ではない……」

と、まっすぐに前《まえ》を指《ゆび》さした。「『太陽製造機《たいようせいぞうき》』が暴走《ぼうそう》を始《はじ》めたのだ……！」

「ええっ⁉」

ドラえもんたちが驚《おどろ》く一方《いっぽう》で、館長《かんちょう》は深刻《しんこく》な顔《かお》で機械《きかい》を見《み》つめている。

「その通《とお》りです……。ハルトマン博士《はかせ》の作《つく》ったフルメタルの封印装置《ふういんそうち》が、光《ひかり》を失《うしな》ってしまっているのです」

「……あの時《とき》と同《おな》じだ。人工太陽《じんこうたいよう》の時間軸《じかんじく》が狂《くる》い、急速《きゅうそく》に進《すす》んでいる。このままでは太陽《たいよう》は膨張《ぼうちょう》し続《つづ》け、赤色巨星《せきしょくきょせい》となり、地球《ちきゅう》を溶《と》かしてしまうだろう。たった数時間《すうじかん》で……」

ペプラー博士《はかせ》の言葉《ことば》は重《おも》かった。

かつて自《みずか》らが犯《おか》したミスで、二人《ふたり》で必死《ひっし》に太陽《たいよう》の膨張《ぼうちょう》を止《と》めようとしたことを思《おも》い出《だ》し、それが再《ふたた》び訪《おとず》れていると悟《さと》ったのだ。

「動《うご》きを止《と》める方法《ほうほう》は？」

ドラえもんが尋《たず》ねる。

「あの時《とき》、これを止《と》めたのはハルトマンじゃ……。ヤツにしかできん……」

「そんな……」

二人《ふたり》の会話《かいわ》をクルトは切迫《せっぱく》した顔《かお》で見《み》つめている。ペプラー博士《はかせ》がこれほどまでに落《お》ち込《こ》むのを見《み》るのは初《はじ》めてだった。

「ワシはまた、こんなバカなことをしてしまった……。やはりワシは……どうしようもないダメ科学者《かがくしゃ》なんじゃ……」

ペプラー博士《はかせ》は顔《かお》を伏《ふ》せる。

一同《いちどう》は何《なに》も言《い》えず、ただじっとそれを見《み》つめていた。

その時《とき》、クルトが走《はし》り出《だ》した。

「クルト？」

ジンジャーの声《こえ》にも振《ふ》り向《む》かず、クルトは部屋《へや》の隅《すみ》へ走《はし》って行《い》って、壁《かべ》の一角《いっかく》に手《て》を触《ふ》れた。すると壁《かべ》からガチャンと機械《きかい》が飛《と》び出《だ》してきて、操作《そうさ》パネルが現《あらわ》れる。

クルトは何《なに》か決意《けつい》した表情《ひょうじょう》で、操作《そうさ》パネルの前《まえ》に立《た》った。

「博士《はかせ》、ボクがやります！」

「え……？」

ペプラー博士《はかせ》をはじめとして、のび太《た》たちもクルトを振《ふ》り返《かえ》る。

「ボクが『太陽製造機《たいようせいぞうき》』を止《と》めます！」

操作《そうさ》パネルに電源《でんげん》が入《はい》る。目《め》の前《まえ》に表示《ひょうじ》されたディスプレイに複雑《ふくざつ》なプログラムのような模様《もよう》が浮《う》かび上《あ》がった。

「クルト……」

ペプラー博士《はかせ》はその様子《ようす》を呆然《ぼうぜん》と見《み》つめる。

「博士《はかせ》はダメ科学者《かがくしゃ》なんかじゃありません。博士《はかせ》は前《まえ》にボクに言《い》ってくれました。失敗《しっぱい》してもあきらめないのが、ボクの良《よ》いところだって」

複雑《ふくざつ》な模様《もよう》を操作《そうさ》しながらクルトは語《かた》る。

それは昨晩《さくばん》のび太《た》にも言《い》っていた言葉《ことば》だった。道具職人《どうぐしょくにん》に憧《あこが》れているクルトが、心《こころ》の支《ささ》えにしていた言葉《ことば》だ。

「博士《はかせ》だってそうです。あきらめが悪《わる》くて、負《ま》けず嫌《ぎら》いで自信過剰《じしんかじょう》なのが、博士《はかせ》のいいところです。ボクのおじいさんに負《ま》けないって、いつも頑張《がんば》ってた博士《はかせ》が、ボクは好《す》きなんです！」

「…………」

ペプラー博士《はかせ》はじっと聞《き》いている。

クルトの手《て》が止《と》まった。グッと手《て》を握《にぎ》りしめる。

「博士《はかせ》、ボクのおじいさんに……ハルトマン博士《はかせ》に負《ま》けたままでいいんですか……？　このまま終《お》わっていいんですか！」

顔《かお》を上《あ》げ、クルトはペプラー博士《はかせ》に向《む》かって叫《さけ》んだ。

「……クルト……」

ペプラー博士《はかせ》は顔《かお》を伏《ふ》せる。

クルトに教《おし》えていたことが自《みずか》らに返《かえ》ってきた……。その通《とお》りだ。このままあきらめては、ハルトマンに負《ま》けたままだ……。

「……いや……ワシは負《ま》けん……」

ペプラー博士《はかせ》はつぶやく。

その小《ちい》さなつぶやきがジンジャーの耳《みみ》にも届《とど》いた。ジンジャーは小《ちい》さく微笑《ほほえ》む。

「ワシは……絶対《ぜったい》にあきらめんぞ！」

と、グッと手《て》を握《にぎ》り、ペプラー博士《はかせ》は顔《かお》を上《あ》げた。

その目《め》にはあきらめない闘志《とうし》がこもっていた。

「ペプラーマシンを逆回転《ぎゃくかいてん》させ、フルメタルを元《もと》に戻《もど》せるかやってみよう！」

ペプラーの決意《けつい》は、自《みずか》らの発明《はつめい》を壊《こわ》すことでもある。

しかし、やらなければならないのだ……！

「博士《はかせ》……！」

クルトが笑顔《えがお》になる。

その時《とき》、「クルト！」とペプラー博士《はかせ》の後《うし》ろからのび太《た》の声《こえ》がした。

「ボクも手伝《てつだ》うよ！」

「ボクも！」

「私《わたし》も！」

「やるしかないだろ！」

「そ、そうみたい……」

のび太《た》をはじめ、ドラえもん、しずか、ジャイアン、スネ夫《お》もクルトに向《む》かって気合《きあ》いを入《い》れる。ドラえもんがみんなを振《ふ》り返《かえ》った。

「よし、みんなで太陽《たいよう》の膨張《ぼうちょう》を食《く》い止《と》めるんだ！」

「おう！」

「館長《かんちょう》と警部《けいぶ》さんは、館内《かんない》に残《のこ》っている人《ひと》たちを避難《ひなん》させてください！」

ドラえもんが館長《かんちょう》たちに告《つ》げると、「そ、そうだ！」「急《いそ》げっ！」と二人《ふたり》は出口《でぐち》に向《む》かって駆《か》け出《だ》していく。

同時《どうじ》にジンジャーが床《ゆか》に『ぬけ穴《あな》ボールペン』で超空間《ちょうくうかん》の穴《あな》を描《えが》く。ペプラー博士《はかせ》がクルトに叫《さけ》んだ。

「クルト、ここは頼《たの》んだぞ！」

「はい！」

ジンジャーとペプラー博士《はかせ》が穴《あな》に飛《と》び込《こ》んでいく。

一方《いっぽう》ドラえもんはポケットに手《て》を突《つ》っ込《こ》んでいた。

「とにかくなんとかして、太陽《たいよう》を小《ちい》さくしなきゃ！」

しかし、ポケットから出《で》てくるのはガラクタばかりだ。

それを見《み》たクルトが腰《こし》のポーチをドラえもんたちの方《ほう》へ投《な》げた。

「ボクの道具《どうぐ》はフルメタルを使《つか》ってないから、消《き》えてないよ！」

ポーチをジャイアンが受《う》け取《と》って、ジャイアンは中《なか》から小《ちい》さな円盤《えんばん》をいくつか取《と》り出《だ》す。

「それ！」

円盤《えんばん》を床《ゆか》に向《む》かって投《な》げると、床《ゆか》で広《ひろ》がって小《ちい》さな泉《いずみ》になる。それは怪盗《かいとう》DX《デラックス》が使《つか》っていた『きこりの泉《いずみ》』だった。

泉《いずみ》から出《で》てきた女神《めがみ》ロボットたちは水鉄砲《みずでっぽう》を構《かま》えて、一斉《いっせい》に人工太陽《じんこうたいよう》へ向《む》けて発射《はっしゃ》する。

しかし太陽《たいよう》の熱《ねつ》はあまりに高熱《こうねつ》で、水《みず》が届《とど》く前《まえ》に蒸発《じょうはつ》させてしまう。

「ダメだ……。全然《ぜんぜん》歯《は》が立《た》たない！」

ジャイアンが悔《くや》しげに言《い》う。

「太陽《たいよう》はエネルギーの塊《かたまり》みたいなもんだ。水《みず》なんかじゃ意味《いみ》が……そうだ！」

ドラえもんが何《なに》かに気《き》づく。

ジャイアンに駆《か》け寄《よ》って、クルトのポーチに手《て》を差《さ》し込《こ》んだ。

「『ハイパー掃除機《そうじき》』！」

ドラえもんは掃除機型《そうじきがた》の道具《どうぐ》を取《と》り出《だ》した。クルトの家《いえ》でもの凄《すご》い吸引力《きゅういんりょく》を発揮《はっき》したマシンだった。

「ミニブラックホールなら、太陽《たいよう》を吸《す》い込《こ》めるかもしれない！」

「なるほど！」

のび太《た》たちも走《はし》り寄《よ》ってくる。

「試作品《しさくひん》がいくつかあったはずだよ！」

クルトがパネルを操作《そうさ》しながら叫《さけ》んだ。

「よし、手分《てわ》けして太陽《たいよう》を吸《す》い込《こ》もう！」

ドラえもんは掃除機《そうじき》を次々《つぎつぎ》に取《と》り出《だ》して、ジャイアン、スネ夫《お》、しずかに渡《わた》す。

その時《とき》だった。

ドォオオオオン!!

と、頭上《ずじょう》に轟音《ごうおん》が響《ひび》き渡《わた》った。

「うわぁ！」

見上《みあ》げるとドーム型《がた》の天井《てんじょう》に穴《あな》があいて、そこから巨大《きょだい》なロボットが飛《と》び込《こ》んできた。

ロボットはドラえもんたちのすぐ横《よこ》に着地《ちゃくち》する。土煙《つちけむり》が舞《ま》い上《あ》がり、地面《じめん》が大《おお》きく揺《ゆ》れた。

そのロボットには見覚《みおぼ》えがあった。

「ガ、ガードロボだ！」

のび太《た》が叫《さけ》ぶ。そう、ロボット館《かん》で球体《きゅうたい》の檻《おり》に拘束《こうそく》されていた、巨大《きょだい》なガードロボだった。

「侵入者発見《しんにゅうしゃはっけん》、排除《はいじょ》……！」

機械的《きかいてき》な音声《おんせい》が流《なが》れ、ガードロボの目《め》が光《ひか》って、ドラえもんたちをにらみつける。

そしてガードロボは、ドラえもんたちに向《む》かって走《はし》り始《はじ》めた。

「うわあああ！」

「なんでなんで〜！」

逃《に》げながらスネ夫《お》が叫《さけ》ぶ。

「フルメタルの鎖《くさり》が消《き》えて、暴走《ぼうそう》してるんだ！」

クルトが答《こた》える。

「そんなあ！」

その間《あいだ》にガードロボは背中《せなか》のノズルからジェットを噴射《ふんしゃ》し、ジャンプして巨大《きょだい》な鉄骨《てっこつ》の上《うえ》に飛《と》び乗《の》り、ドラえもんたちを見下《みお》ろす体勢《たいせい》になる。

それを見《み》たドラえもんが立《た》ち止《ど》まった。

「のび太《た》くん、ボクたちはガードロボをなんとかしよう！」

「ええっ⁉」

「みんなは太陽《たいよう》を頼《たの》む！」

ドラえもんは自分《じぶん》たちがガードロボを引《ひ》きつけている間《あいだ》に、ジャイアンたちに太陽《たいよう》を吸《す》い込《こ》んでもらおうとしたのだ。

「まかせろ！」

ジャイアンとスネ夫《お》、しずかはちりぢりに走《はし》って、太陽《たいよう》を取《と》り囲《かこ》むようにそれぞれの方《ほう》へ向《む》かっていく。三人《さんにん》は位置《いち》につくと、掃除機《そうじき》のスイッチを入《い》れて、太陽《たいよう》を吸《す》い始《はじ》めた。

すさまじい熱気《ねっき》が、三人《さんにん》の体《からだ》を熱《ねっ》していく。

「熱《あつ》い……」

思《おも》わずしずかがつぶやく。しかし止《や》めるわけにはいかない。

大《おお》きくなり続《つづ》ける太陽《たいよう》をにらみながら、しずかは掃除機《そうじき》で太陽《たいよう》の熱《ねつ》を吸《す》い続《つづ》けた。

一方《いっぽう》で、のび太《た》とドラえもんはガードロボから逃《に》げ回《まわ》っていた。

「なんとかするって、どうやって〜〜〜っ！」

その時《とき》、のび太《た》の後《うし》ろで、ガードロボが振《ふ》りかぶった。そのパンチを二人《ふたり》はギリギリのところで避《よ》ける。ガードロボのパンチは壁《かべ》に突《つ》き刺《さ》さり、勢《いきお》い余《あま》って体《からだ》ごと突《つ》っ込《こ》んでいった。

「侵入者排除《しんにゅうしゃはいじょ》……」

しかし、ガードロボはすぐさま体勢《たいせい》を立《た》て直《なお》して、壁《かべ》から這《は》い出《で》てくる。

両肩《りょうかた》の装甲《そうこう》がガチャンと開《ひら》いて、六台《ろくだい》のミサイルランチャーが姿《すがた》を現《あらわ》した。

ドシュウウウ！

と、ジェットを噴射《ふんしゃ》しながらミサイルが発射《はっしゃ》される。ミサイルはドラえもんとのび太《た》に向《む》かってきた。

「うそ〜〜〜っ⁉」

二人《ふたり》は必死《ひっし》に逃《に》げる。初期型《しょきがた》で命中精度《めいちゅうせいど》がさほど正確《せいかく》ではなかったのかもしれない。幸《さいわ》いいくつかのミサイルは二人《ふたり》からそれる。が、最後《さいご》の六発目《ろっぱつめ》のミサイルは二人《ふたり》のすぐ背後《はいご》に着弾《ちゃくだん》した。

「うわあああっ！」

その衝撃《しょうげき》で二人《ふたり》は弾《はじ》き飛《と》ばされた。

なんとか立《た》ち上《あ》がって振《ふ》り返《かえ》る。しかしガードロボは警戒《けいかい》を緩《ゆる》めず、こちらへ向《む》かって歩《ある》いてくる。

「侵入者《しんにゅうしゃ》、排除《はいじょ》……」

「何《なに》か武器《ぶき》……何《なに》か……！」

ドラえもんは必死《ひっし》にポケットを探《さぐ》るが、やはり出《で》てくるのはガラクタばかりだ。

その時《とき》、掃除機《そうじき》を構《かま》えていたジャイアンが、手《て》にしていたクルトのポーチをドラえもんに向《む》かって思《おも》いっきり投《な》げた。

「ドラえもん、これを使《つか》え！」

投《な》げられたポーチはまっすぐにドラえもんの方《ほう》へ向《む》かっていく。さすが草野球《くさやきゅう》チームのキャプテン兼《けん》エースだ。

ドラえもんが受《う》け取《と》ろうと走《はし》り寄《よ》っていく——が、怪《あや》しげな音《おと》がすぐ近《ちか》くに響《ひび》いた。

キュィイイイン……！

見《み》ると、ガードロボがその目《め》にエネルギーを集中《しゅうちゅう》させていた。目元《めもと》で怪《あや》しげな光球《こうきゅう》が形成《けいせい》されていく。

「⁉」

ドラえもんとのび太《た》はいち早《はや》く危機《きき》を察知《さっち》した。

その時《とき》、光球《こうきゅう》がビームとなって、一直線《いっちょくせん》に放《はな》たれた。逃《に》げるドラえもんとのび太《た》の隣《となり》で爆発《ばくはつ》が起《お》きる。大量《たいりょう》の土煙《つちけむり》が舞《ま》い上《あ》がるなか、ドラえもんのもとへポーチが飛《と》んできた。

「わっ！　よっ！　ほっ！」

ドラえもんはポーチを受《う》け取《と》ろうとするが、手《て》が届《とど》かない。と、ポーチが空中《くうちゅう》で開《ひら》いて、中《なか》から蝶《ちょう》ネクタイ型《がた》の道具《どうぐ》がこぼれ落《お》ちた。蝶《ちょう》ネクタイはドラえもんの首《くび》に引《ひ》っかかり、まるで鈴《すず》のように光《ひか》り輝《かがや》く。

シャキ――――ン！

突如《とつじょ》、ドラえもんの体《からだ》から光《ひかり》が放《はな》たれた。

15 最後《さいご》の切《き》り札《ふだ》

一面《いちめん》に土煙《つちけむり》がただようなかで、ドラえもんは瞬間移動《しゅんかんいどう》して、のび太《た》が逃《に》げていた鉄骨《てっこつ》の上《うえ》に立《た》ち上《あ》がる。

「ええええっ⁉」

のび太《た》は驚《おどろ》いて声《こえ》をあげる。なぜならそこにいたのはドラえもんではなかったからだ。

いや、ドラえもんなのだが、正確《せいかく》にはドラえもんの姿形《すがたかたち》をしていなかった。特徴的《とくちょうてき》な短《みじか》い手足《てあし》が伸《の》びて、八頭身《はっとうしん》の長身《ちょうしん》になっている。頭《あたま》にはシルクハットをかぶり、ひらりとマントを羽織《はお》ったその姿《すがた》にのび太《た》は見覚《みおぼ》えがあった。

ドラえもんは帽子《ぼうし》をくいっと上《あ》げて、颯爽《さっそう》と告《つ》げる。

「怪盗《かいとう》ドラックス、参上《さんじょう》！」

「ドラックス〰〰っ⁉」

のび太《た》たちが一斉《いっせい》に声《こえ》を上《あ》げる。

クルトの道具《どうぐ》によって、怪盗《かいとう》DX《デラックス》ならぬ怪盗《かいとう》ドラックスに変身《へんしん》したドラえもんは、カードを取《と》り出《だ》し、勢《いきお》いよく投《な》げる。カードはガードロボの足元《あしもと》に突《つ》き刺《さ》さった。

「予告状《よこくじょう》！　三分以内《さんぷんいない》にお前《まえ》を倒《たお》す！」

怪盗《かいとう》ドラックスはビシッとガードロボを指《ゆび》さして宣言《せんげん》する。

「予告《よこく》なんていいから早《はや》く！」

スネ夫《お》が真《ま》っ当《とう》な意見《いけん》を言《い》うと、クルトが「そういう仕組《しく》みなんだよ！」と言《い》い返《かえ》した。

怪盗《かいとう》ドラックスは勢《いきお》いをつけて、ガードロボへ向《む》けて飛《と》ぶ。ガードロボは目《め》から放《はな》ったビームで応戦《おうせん》するが、ドラックスは体《からだ》を回転《かいてん》させて回避《かいひ》した。その流《なが》れのまま、体《からだ》をよじってキックを繰《く》り出《だ》す。

腕《うで》で防《ふせ》ごうとしたガードロボに向《む》かって、ドラックスの強烈《きょうれつ》なキックが炸裂《さくれつ》した。

そのままガードロボは押《お》されて後《あと》ずさる。

ひらりと華麗《かれい》に着地《ちゃくち》したドラックスに向《む》け、今度《こんど》はガードロボがパンチを繰《く》り出《だ》した。

巨大《きょだい》な拳《こぶし》がドラックスに迫《せま》る。

ドラックスはそれを両手《りょうて》でガシッ！　と受《う》け止《と》めた。

「ググググ……」

押《お》しつぶされまいと必死《ひっし》な形相《ぎょうそう》で拳《こぶし》を跳《は》ね返《かえ》そうとしていたその時《とき》だった。

突然《とつぜん》、離《はな》れたところから声《こえ》が聞《き》こえる。

「ガードロボの背中《せなか》にはメモリーカードが入《はい》っておる！」

声《こえ》の主《ぬし》はペプラー博士《はかせ》だった。モニタで戦《たたか》いを見《み》ていた博士《はかせ》が、急《いそ》いで助言《じょげん》を与《あた》えるべく、超空間《ちょうくうかん》をつないだのだ。

「そいつを抜《ぬ》けば動《うご》きが止《と》まるはずじゃ！」

その言葉《ことば》を聞《き》いて、ドラックスはなんとか作戦《さくせん》を立《た》てようとするが、ガードロボの動《うご》きの方《ほう》が早《はや》かった。肩《かた》からさらにミサイルが発射《はっしゃ》され、ドラックスに向《む》けて突《つ》き進《すす》んでくる。

「！」

ドラックスはとっさに拳《こぶし》から離《はな》れた。

ミサイルが着弾《ちゃくだん》して土煙《つちけむり》が舞《ま》う。

チャンスだ……！

ドラックスは土煙《つちけむり》に姿《すがた》を隠《かく》しながら、ガードロボの背後《はいご》へ回《まわ》る。そのまま背中《せなか》に飛《と》びつこうとジャンプした。

しかしガードロボも隙《すき》を見《み》せない。振《ふ》り向《む》きざまに裏拳《うらけん》をドラックスに命中《めいちゅう》させ、背後《はいご》に向《む》けて吹《ふ》き飛《と》ばす。ドラックスは地面《じめん》に叩《たた》きつけられながらも体勢《たいせい》を立《た》て直《なお》して、滑《すべ》りながら着地《ちゃくち》した。

だったら……！

ドラックスはカーブしている壁《かべ》をのぼって走《はし》り始《はじ》める。壁《かべ》を伝《つた》って背中《せなか》へ回《まわ》り込《こ》もうとしたのだ。背中《せなか》を射程圏内《しゃていけんない》にとらえると、ドラックスは大《おお》きく飛《と》び上《あ》がって、ガードロボの頭上《ずじょう》から背中《せなか》を狙《ねら》う。

しかしガードロボもドラックスの接近《せっきん》をとらえて、すかさず殴《なぐ》りかかる。一発《いっぱつ》、二発《にはつ》、となんとか避《よ》けきったが、三発目《さんぱつめ》が横《よこ》から命中《めいちゅう》し、ドラックスは吹《ふ》っ飛《と》ばされた。ものすごい勢《いきお》いで壁《かべ》に叩《たた》きつけられ、ドラックスは動《うご》けなくなる。

「くっ……背中《せなか》に回《まわ》り込《こ》めない……！」

ドラックスが奮闘《ふんとう》しているさなか、足元《あしもと》でのび太《た》も動《うご》き出《だ》していた。

「何《なに》かないのか……！」

必死《ひっし》にクルトのポーチを探《さぐ》る。そして取《と》り出《だ》したものは——、

「『クルクック』か！」

のび太《た》はがっくりと肩《かた》を落《お》とす。ブーツのように履《は》いて空《そら》を飛《と》ぶ道具《どうぐ》だが、制御《せいぎょ》が難《むずか》し

く使《つか》えそうもない。

のび太《た》はため息《いき》をつき、『クルクック』を投《な》げ捨《す》てようとしたその時《とき》、背後《はいご》から「のび太《た》！」

と声《こえ》がかかった。

「それ、使《つか》えるよ！　ポーチからヒモを出《だ》して！」

クルトがパネルを操作《そうさ》しながら叫《さけ》んでいた。

「え？」

「早《はや》く！」

のび太《た》はあわててポーチに手《て》を突《つ》っ込《こ》む。

一方《いっぽう》でドラックスはガードロボのビームから逃《に》げ回《まわ》っていた。しかし反撃《はんげき》の決《き》め手《て》はつかめない。ガードロボには隙《すき》がまったくないのだ。

ビームで行《ゆ》く手《て》を遮《さえぎ》られ、ついにドラックスは壁際《かべぎわ》に追《お》い詰《つ》められる。

「くっ……」

ガードロボが拳《こぶし》を振《ふ》り上《あ》げた。渾身《こんしん》の力《ちから》を込《こ》めた拳《こぶし》が、ドラックスに向《む》かって振《ふ》り下《お》ろされんとしたその時《とき》だった。

「『クルクック』！　飛《と》べ〰〰っ！」

のび太が叫《さけ》んだ。

放《はな》たれた二《ふた》つの『クルクック』は丈夫《じょうぶ》なヒモでつながれていた。好《す》き勝手《かって》に飛《と》んでいく『クルクック』だったが、ガードロボの足元《あしもと》まで来《く》ると、左右《さゆう》に離《はな》れて飛《と》んでいく。ヒモがガードロボの足元《あしもと》でピンと張《は》った。

ヒモに引《ひ》っかかって、ガードロボはバランスを崩《くず》す。

「やった！」

ガードロボは転倒《てんとう》を阻止《そし》するべく、もう片方《かたほう》の足《あし》を前《まえ》に出《だ》そうとした。

「今《いま》だ！」

ドラックスはその隙《すき》を見逃《みのが》さなかった。

すき間《ま》の空《あ》いた足《あし》の間《あいだ》に駆《か》け込《こ》み、素早《すばや》くすり抜《ぬ》けて向《む》こう側《がわ》へ走《はし》り出《で》る。

振《ふ》り返《かえ》って、大《おお》きくジャンプした。

ドラックスはガードロボの背中《せなか》に取《と》りついて、メモリーカードを外《はず》しにかかる。

「やあああああっ！」

一方《いっぽう》でバランスを崩《くず》したガードロボは、片足立《かたあしだ》ちのままふらついて柱《はしら》に激突《げきとつ》、その反動《はんどう》で左腕《ひだりうで》が人工太陽《じんこうたいよう》の機械《きかい》に当《あ》たり、火花《ひばな》が走《はし》った。

ドラックスが背中《せなか》の奥《おく》からメモリーカードを引《ひ》き抜《ぬ》くと、ついにガードロボは制御《せいぎょ》を失《うしな》って停止《ていし》し、そのまま倒《たお》れ込《こ》んだ。

「うわあああっ！」

ガードロボが倒《たお》れ込《こ》んだ先《さき》にはクルトの制御《せいぎょ》パネルがあり、クルトはあわてて逃《に》げ出《だ》す。

ズシーーーン！　という重《おも》い音《おと》が響《ひび》き渡《わた》ると同時《どうじ》に、ガードロボはパネルを潰《つぶ》して、体《からだ》を横《よこ》たえた。

その目《め》から光《ひかり》が消《き》え、完全《かんぜん》に動《うご》きを停止《ていし》した。

「やった……！」

のび太《た》は喜《よろこ》んだが、ドラックスとクルトは次《つぎ》なるピンチの訪《おとず》れに気《き》づいていた。

「でも……制御《せいぎょ》パネルが……」

クルトが呆然《ぼうぜん》と、パネルがあった場所《ばしょ》を見《み》つめている。

ドラックスがスーツを解除《かいじょ》してドラえもんに戻《もど》った。

そこへジャイアンとスネ夫《お》、しずかも走《はし》り寄《よ》ってくる。

「『ハイパー掃除機《そうじき》』がオーバーヒートしちゃったよ……」

スネ夫《お》が嘆《なげ》く。やはり掃除機《そうじき》のミニブラックホールでは、巨大《きょだい》な人工太陽《じんこうたいよう》は吸《す》いきれなかったらしい。

一同《いちどう》は打《う》つ手《て》なしといった様子《ようす》で、ひたすらに巨大化《きょだいか》を続《つづ》ける人工太陽《じんこうたいよう》を見据《みす》える。

「もう他《ほか》に方法《ほうほう》はないのか……？」

ジャイアンが尋《たず》ねる。

「ダメだよ！　おしまいだよ～っ！」

スネ夫《お》が悲鳴《ひめい》を上《あ》げた。

目《め》の前《まえ》の圧倒的《あっとうてき》な力《ちから》を前《まえ》にして、ドラえもんたちはただ立《た》ち尽《つ》くすことしかできなかった。クルトも自分《じぶん》の無力《むりょく》さを痛感《つうかん》し、太陽《たいよう》を悔《くや》しげににらみつける。

「こんな時《とき》に、あの推理《すいり》ぼうがあれば……」

のび太《た》がつぶやいた。

たとえ不可能《ふかのう》だったとしても、あきらめたくはなかった。クルトもペプラー博士《はかせ》も、ドラえもんだってあきらめなかったのだ。

だったらボクも……。

「もっといい考《かんが》えが……、いい考《かんが》えが……」

のび太《た》は自《みずか》らの頭《あたま》をフル回転《かいてん》させる。まるでシャーロック・ホームズのように。

——と、何《なに》かが頭《あたま》をよぎった。

ミニブラックホールを備《そな》えた『ハイパー掃除機《そうじき》』で、太陽《たいよう》を吸引《きゅういん》しようとしたことを思《おも》い出《だ》し、それが何《なに》かに似《に》ているような気《き》がしたのだ。

あれはたしか、クルトの家《いえ》で……。

「！」

ハッとのび太《た》は気《き》づく。

顔《かお》を上《あ》げると、太陽《たいよう》の前《まえ》にたたずむクルトの後《うし》ろ姿《すがた》が見《み》えた。

その隣《となり》に先《さき》ほどから浮《う》いているのは……。

「クルト！」

のび太《た》が叫《さけ》ぶ。

「え？」

クルトだけではなく、みんながのび太《た》を振《ふ》り返《かえ》った。

「ポポンだ！　ポポンを使《つか》うんだ！」

のび太《た》はクルトの隣《となり》でふわふわと浮《う》いているポポンを指《ゆび》さす。

「……そうか！」

クルトも気《き》づいた。

ポポンは目《め》から出《だ》した光線《こうせん》の標的《ひょうてき》を、自分《じぶん》の体内《たいない》に取《と》り込《こ》み、消化《しょうか》してしまうことができるのだ。

「ポポン！」

クルトが見《み》ると、ポポンは思《おも》いが通《つう》じたのか、決意《けつい》を込《こ》めて太陽《たいよう》へ振《ふ》り返《かえ》る。

大《おお》きく息《いき》を吸《す》い込《こ》んで、その柔《やわ》らかい体《からだ》を反《そ》り返《かえ》らせる。そして目《め》からビカッとビームを放《はな》った。

ビームは巨大《きょだい》な人工太陽《じんこうたいよう》に命中《めいちゅう》し、全体《ぜんたい》を包《つつ》み込《こ》む。

直後《ちょくご》、人工太陽《じんこうたいよう》が消《き》えた。

そしてクルトたちの頭上《ずじょう》に、薄《うす》い膜《まく》に包《つつ》まれた人工太陽《じんこうたいよう》と同《おな》じくらい大《おお》きな物体《ぶったい》が現《あらわ》れる。ポポンが人工太陽《じんこうたいよう》を体内《たいない》に瞬間移動《しゅんかんいどう》させたのだ。

「ポポン！」

一同《いちどう》が見上《みあ》げると、ポポンの体《からだ》はまるで風船《ふうせん》のようにパンパンに張《は》って、今《いま》にもはち切《き》れそうだ。

「ポポン……！」

クルトが心配《しんぱい》して叫《さけ》んだ。

「キュ……キュ……‥…！」

太陽《たいよう》を包《つつ》み込《こ》んだポポンが口《くち》を閉《と》じて、必死《ひっし》に消化《しょうか》しようと耐《た》えている。

「やばいぞ……！」

「ポポンちゃん！」

ジャイアンとしずかが不安《ふあん》げな声《こえ》を上《あ》げた。

「がんばれ、ポポン！」

「がんばれ！」

「あとちょっとだ！」

のび太《た》やドラえもん、スネ夫《お》がエールを送《おく》る。

クルトも一緒《いっしょ》になって、六人《ろくにん》は口々《くちぐち》にポポンを応援《おうえん》する。

「負《ま》けるな！」

「がんばれ、ポポ――――ンッ！」

クルトがひときわ大《おお》きな声《こえ》を上《あ》げた。

「キュキュ……キュ――――ッ！」

その声《こえ》が届《とど》いたのか、ポポンが一気《いっき》に気合《きあ》いを入《い》れた。

――と直後《ちょくご》、
ボムッ！

と、吸《す》い込《こ》まれるような音《おと》がして、太陽《たいよう》の姿《すがた》が空中《くうちゅう》から消《き》えた。

あとには、ポポンが浮《う》いていた。

体《からだ》のところどころが焦《こ》げているように見《み》えるポポンは、目《め》をパチパチと数回《すうかい》まばたいて、
ゲフッと小《ちい》さくゲップをした。

太陽《たいよう》の消化《しょうか》に成功《せいこう》したのだ。

「わあああああっ！」

「やった――――っ！」

一同《いちどう》は一斉《いっせい》に跳《と》び上《あ》がって喜《よろこ》ぶ。

人工太陽《じんこうたいよう》の暴走《ぼうそう》が無事《ぶじ》に止《と》まったのだ。

――がその時《とき》、跳《と》び上《あ》がったクルトの足元《あしもと》の床《ゆか》がガラリと崩《くず》れた。

「！」

そのまま床《ゆか》に穴《あな》があいて、クルトやドラえもんたちは穴《あな》に落《お》ちていく。

巨大化《きょだいか》していた人工太陽《じんこうたいよう》は、大《おお》きくなりすぎて床《ゆか》まで達《たっ》していた。それによって床《ゆか》が崩壊《ほうかい》を始《はじ》めたのだ。

「うええええっ⁉」

ドラえもんたちの足元《あしもと》も崩《くず》れて、全員《ぜんいん》が落下《らっか》していく。

博物館《ミュージアム》は浮島《うきしま》の上《うえ》だ。このままでは全員海《ぜんいんうみ》に落下《らっか》してしまう。

「助《たす》かったと思《おも》ったのに~~~っ!」

スネ夫《お》が悲鳴《ひめい》を上《あ》げながら、がれきと共《とも》に落《お》ちていく。

とそこへ、超空間《ちょうくうかん》の穴《あな》が開《あ》いた。

「やったーーっ!」

喜《よろこ》び勇《いさ》んで飛《と》び出《だ》してきたのはペプラー博士《はかせ》だった。

しかし床《ゆか》がなくなっていることは知《し》らなかったのだろう。ペプラー博士《はかせ》は「うわあっ!」と落下《らっか》し、後《うし》ろからやってきたジンジャーも一緒《いっしょ》になって落《お》ちていく。

ペプラー博士《はかせ》は落《お》ちながらも嬉《うれ》しそうに一同《いちどう》に告《つ》げる。

「喜《よろこ》べ! フルメタルが復活《ふっかつ》したぞ!」

その手《て》に真《ま》っ二《ぷた》つになったドラえもんの鈴《すず》を持《も》っている。しかし、落下《らっか》の弾《はず》みで鈴《すず》を手《て》放《ばな》してしまい、鈴《すず》は輝《かがや》きながら落《お》ちていった。

のび太《た》の『シャーロック・ホームズセット』もポンと復活《ふっかつ》する。

「今《いま》さら言《い》われても〜〜〜っ！」

スネ夫《お》が嘆《なげ》いたが、ドラえもんはハッと何《なに》かに気《き》づく。ということは……、

「ひみつ道具《どうぐ》が使《つか》える！」

と、すかさず四次元《よじげん》ポケットに手《て》を突《つ》っ込《こ》んだ。

直後《ちょくご》、手先《てさき》に激痛《げきつう》が走《はし》る。

「ぎゃ〜〜〜っ！　スッポンロボも復活《ふっかつ》してた〜！」

力《ちから》ずくで引《ひ》っ張《ぱ》り出《だ》すと、スッポンロボがドラえもんの手《て》を噛《か》んだままブラブラと揺《ゆ》れる。

「ん⁉」

ドラえもんは、そのスッポンロボの尻尾《しっぽ》の先《さき》に、何《なに》かライト型《がた》のひみつ道具《どうぐ》が引《ひ》っかかっているのに気《き》づいた。

「これは……！」

ドラえもんはひみつ道具《どうぐ》を取《と》り上《あ》げると、空中《くうちゅう》でバッと上《うえ》へ振《ふ》り返《かえ》る。

その先《さき》には崩《くず》れ落《お》ちる博物館《ミュージアム》の姿《すがた》があった。

ドラえもんはライトの先《さき》を、急《いそ》いで博物館《ミュージアム》に向《む》ける。

「『復元光線《ふくげんこうせん》』――――っ！」

それは壊《こわ》れたものを元《もと》の状態《じょうたい》に戻《もど》せる道具《どうぐ》だった。『復元光線《ふくげんこうせん》』の先《さき》から放《はな》たれた光《ひかり》がまっすぐに伸《の》びていく。が、がれきが邪魔《じゃま》になって、博物館《ミュージアム》には届《とど》きそうもない。

すると近《ちか》くで一緒《いっしょ》になって落《お》ちていたクルトが、ポーチに手《て》を突《つ》っ込《こ》んだ。その頭《あたま》にはポポンが乗《の》っている。

クルトはポーチからこちらもライト型《がた》のひみつ道具《どうぐ》を取《と》り出《だ》して、ドラえもんの『復元《ふくげん》光線《こうせん》』に向《む》けた。

「『ビックリライト』――――っ！」

その光《ひかり》が『復元光線《ふくげんこうせん》』に浴《あ》びせられる。直後《ちょくご》、『復元光線《ふくげんこうせん》』の本体《ほんたい》が、びっくりするほど巨大化《きょだいか》した。同時《どうじ》に『復元光線《ふくげんこうせん》』から放《はな》たれる光《ひかり》も大《おお》きく太《ふと》くなる。

「ふんっ！」

鼻息荒《はないきあら》く、ドラえもんが巨大《きょだい》な『復元光線《ふくげんこうせん》』を振《ふ》り回《まわ》すと、光《ひかり》がいたるところに向《む》かって放《はな》たれ、落下《らっか》するがれきに浴《あ》びせられる。やがて、がれきが静止《せいし》した。

そしてゆっくりと上昇《じょうしょう》をはじめ、博物館《ミュージアム》の方《ほう》へ向《む》かっていく。

元《もと》の状態《じょうたい》に復元《ふくげん》され始《はじ》めたのだ。

「やったー!!」

「うふふ……」

「イエーイ!」

のび太《た》たちもがれきの上《うえ》に飛《と》び乗《の》り、嬉《うれ》しそうに上《うえ》へ戻《もど》っていく。

ドラえもんは満足《まんぞく》げに博物館《ミュージアム》を見上《みあ》げる。

そのとき、がれきの中《なか》に、小《ちい》さく光《ひか》る二《ふた》つの物体《ぶったい》が見《み》えた。

「あ! あれは……ボクの鈴《すず》……」

二《ふた》つの鈴《すず》のかけらは、がれきに紛《まぎ》れてまた見《み》えなくなったが、そのまま博物館《ミュージアム》の中《なか》へ吸《す》い込《こ》まれていった。

エピローグ

『太陽製造機《たいようせいぞうき》』の置《お》かれたフロアには、平穏《へいおん》が戻《もど》っていた。

かつて人工太陽《じんこうたいよう》があった場所《ばしょ》のまわりにある制御装置《せいぎょそうち》の近《ちか》くで、ドラえもんやのび太《た》たちは鈴《すず》を捜《さが》し回《まわ》っていた。

すると、装置《そうち》の上《うえ》の方《ほう》でクルトが何《なに》かを拾《ひろ》い上《あ》げる。

「あった……！」

クルトは『タケコプター』を上手《じょうず》に操作《そうさ》して、「ドラえも～ん！」とドラえもんの方《ほう》へ向《む》かっていく。

「あったよ、半分《はんぶん》だけだけど」

「ホント!?」

声《こえ》に気《き》づいたドラえもんは、『エレベータープレート』に乗《の》って、クルトの近《ちか》くまで上《じょう》昇《しょう》してくる。

「よかった～」

クルトはドラえもんに鈴《すず》の半分《はんぶん》を手渡《てわた》す。

「ゴメンね、ドラえもん。もうドロボウはしないよ」

クルトが謝《あやま》る。

「DX《デラックス》が盗《と》ったものも、元《もと》の場所《ばしょ》に戻《もど》しておくよ」

クルトの言葉《ことば》は、怪盗DX《かいとうデラックス》をもうやめる、という意味《いみ》でもあった。

ドラえもんは笑顔《えがお》でうなずく。

「うん。ボクは鈴《すず》が戻《もど》ってくればそれでいいんだよ。さあ、もう半分《はんぶん》も捜《さが》そう！」

「うん！」

クルトは微笑《ほほえ》んで、再《ふたた》び『タケコプター』で上昇《じょうしょう》していった。


二人《ふたり》が話《はな》しているところの下《した》ではマスタード警部《けいぶ》がイライラしながら歩《ある》き回《まわ》っていた。

「ペプラーめ、どこへ行《い》ったんだ！　怪盗DX《かいとうデラックス》はきっとヤツに違《ちが》いない！」

どうやらマスタード警部《けいぶ》は、まだ怪盗DX《かいとうデラックス》の正体《しょうたい》に気《き》づいていないらしい。しかもペプラー博士《はかせ》も取《と》り逃《に》がして、おかんむりのようだった。

その隣《となり》で、館長《かんちょう》も怒《いか》りを込《こ》めて拳《こぶし》をかかげる。

「博物館《ミュージアム》の怪人《かいじん》というのも、ヤツに決《き》まってますよ。絶対《ぜったい》！」

館長《かんちょう》のほうも博物館《ミュージアム》の怪人《かいじん》の正体《しょうたい》に気《き》づいていないようだ。たしかに証拠《しょうこ》が何《なに》もなければ、今《いま》まで博物館《ミュージアム》の地下《ちか》に隠《かく》れていたペプラー博士《はかせ》を疑《うたが》ってしまうのも仕方《しかた》がないだろう。

「ペプラー！　必《かなら》ず捜《さが》し出《だ》してやるからな！　首《くび》を洗《あら》って待《ま》ってろよ〜！」

マスタード警部《けいぶ》は虚空《こくう》に向《む》かって叫《さけ》ぶ。その声《こえ》がむなしく広《ひろ》いフロアに響《ひび》き渡《わた》っていく。

――と、そんなペプラー博士《はかせ》は、警部《けいぶ》と館長《かんちょう》が気合《きあ》いを入《い》れている姿《すがた》を、こっそり後《うし》ろから見《み》ていた。

『太陽製造機《たいようせいぞうき》』の残《ざん》がいの隠《かく》れた物陰《ものかげ》に開《あ》いた超空間《ちょうくうかん》の穴《あな》から、ペプラー博士《はかせ》がのぞいている。

「フン！　お前《まえ》らのへなちょこシステムに探知《たんち》できるものか」

そう言《い》うと、ペプラー博士《はかせ》も拳《こぶし》を握《にぎ》って気合《きあ》いを入《い》れた。

「ワシはあきらめんぞ！　いつの日《ひ》か必《かなら》ず、ペプラーメタルを完成《かんせい》させてみせる！　ハハハハハハ……！」

やる気《き》をみなぎらせたペプラー博士《はかせ》は高笑《たかわら》いを響《ひび》かせながら、超空間《ちょうくうかん》の穴《あな》の中《なか》へ消《き》えていった。

するとペプラーの消《き》えた穴《あな》から、ジンジャーがひょっこりと顔《かお》をのぞかせる。

「おじいちゃん……、いつか世界《せかい》を滅《ほろ》ぼす気《き》がするわ……」

あきれたようにつぶやくと、ジンジャーも超空間《ちょうくうかん》の穴《あな》へ消《き》えていった――。


「ないなあ……」

「ないわねえ……」

ジャイアンとスネ夫《お》、のび太《た》は『タケコプター』を使《つか》って、しずかは『フワフワオビ』を体《からだ》に巻《ま》き付《つ》けて自在《じざい》に空《そら》を飛《と》び回《まわ》り、鈴《すず》を捜《さが》し続《つづ》けているが、鈴《すず》のもう半分《はんぶん》はどうしても見《み》つからなかった。

「も～疲《つか》れた、帰《かえ》ろうよ～」

スネ夫《お》が音《ね》を上《あ》げる。

「絶対《ぜったい》ダメ～！　鈴《すず》を見《み》つけるまで帰《かえ》らない！　ちゃんと捜《さが》して～！」

ドラえもんが下《した》から叫《さけ》んだ。ドラえもんは装置《そうち》の近《ちか》くの床《ゆか》に降《お》りて、その付近《ふきん》を粘《ねば》り強《づよ》く捜《さが》しているようだ。

そんなドラえもんの様子《ようす》を見《み》ながら、のび太《た》は『タケコプター』でふらふらと飛《と》んでいた。

「やれやれ、どうしてあの鈴《すず》にあんなにこだわってるのかなあ……」

のび太《た》が半《なか》ばあきれながら飛《と》んでいると、前方《ぜんぽう》をよく見《み》ていなかったのか、ガタンと鉄骨《てっこつ》にぶつかってしまった。そのはずみで『タケコプター』が外《はず》れてしまう。

「え？」

体《からだ》から浮力《ふりょく》が失《うしな》われ、のび太《た》はそのまま落下《らっか》する。

「うわあああっ！」

のび太《た》はドシンと地面《じめん》に落《お》ちて、よろよろと起《お》き上《あ》がった。

「あたたたた……ん？」

と、その時《とき》、のび太《た》の頭《あたま》にコツンと何《なに》かが当《あ》たった。

当《あ》たったものがのび太《た》の目《め》の前《まえ》に落《お》ちてきて、コロコロと転《ころ》がる。

それはドラえもんの鈴《すず》の片割《かたわ》れだった。

どうやらのび太《た》がぶつかった鉄骨《てっこつ》に引《ひ》っかかっていたようだ。鈴《すず》の片割《かたわ》れは地面《じめん》でゆらゆらと揺《ゆ》れながら、鈍《にぶ》く光《ひか》っている。

「あった〜〜〜っ！」

のび太《た》は思《おも》わず声《こえ》を上《あ》げ、それを拾《ひろ》い上《あ》げた。

「ハハハハハ！　こんなところに……」

笑《わら》って拾《ひろ》った途端《とたん》、のび太《た》の頭《あたま》を何《なに》かがよぎった。

かつて、同《おな》じようなことがあった気《き》がしたのだ。

あれは確《たし》か……。

のび太《た》の頭《あたま》に、ドラえもんと二人《ふたり》で笑《わら》い合《あ》った思《おも》い出《で》が蘇《よみがえ》った。


それはドラえもんがのび太《た》のところへ来《き》て、さほど時間《じかん》が経《た》っていないころのことだ。

空《あ》き地《ち》でちょっとした取《と》っ組《く》み合《あ》いをして、のび太《た》がドラえもんの鈴《すず》をはたいてしまい、鈴《すず》が空《あ》き地《ち》の隅《すみ》の排水溝《はいすいこう》へ落《お》ちてしまったのだ。

泥《どろ》だらけの排水溝《はいすいこう》の中《なか》を、のび太《た》たちは日《ひ》が暮《く》れるまで鈴《すず》を捜《さが》し続《つづ》けた。

だが見《み》つからず、あきらめて帰《かえ》ろうとした時《とき》、のび太《た》の靴《くつ》の中《なか》に入《はい》っていた鈴《すず》を発見《はっけん》したのだ。

その時《とき》ドラえもんとのび太《た》は、あるはずのない泥《どろ》の中《なか》をずっと捜《さが》していた自分《じぶん》たちのマヌケさに二人《ふたり》で大笑《おおわら》いした。

ひとしきり笑《わら》って、ドラえもんは夕焼《ゆうや》け空《ぞら》を見上《みあ》げた。

ふと息《いき》をついて改《あらた》めてつぶやく。

「はぁ……のび太《た》くん、ありがとう。これ、一生大事《いっしょうだいじ》にするよ」

ドラえもんは泥《どろ》だらけの鈴《すず》を見《み》せる。

「なんだよ、大《おお》げさだなあ」

のび太《た》は照《て》れたように笑《わら》って、ドラえもんの背中《せなか》をポンと叩《たた》いた。

するとドラえもんは小《ちい》さく首《くび》を横《よこ》に振《ふ》る。

「ふふ、これのおかげでわかったんだ……。のび太《た》くんは勉強《べんきょう》もダメ、運動《うんどう》もダメ、根性《こんじょう》もなくてどうしようもないヤツだけど……」

「なんか気分悪《きぶんわる》いな……」

のび太《た》はムッとして口《くち》をとがらせる。

「でも君《きみ》は……」

と、ドラえもんは言葉《ことば》を切《き》って、のび太《た》の方《ほう》へ向《む》き直《なお》った。

「でも君《きみ》は……いいヤツだな」

ドラえもんは微笑《ほほえ》む。のび太《た》は照《て》れくさくなって、「へへへ……」と頭《あたま》を掻《か》いて目《め》をそらした。嬉《うれ》しかったのだ。

「ありがとう、のび太《た》くん」

「うん」

夕日《ゆうひ》が沈《しず》もうとしているなか、二人《ふたり》はまた笑《わら》い合《あ》った――。

そんな記憶《きおく》をのび太《た》は思《おも》い出《だ》す。

「ドラえもん……、あんなこと、ずっと覚《おぼ》えてたんだ……」

ずっとドラえもんがこの鈴《すず》にこだわっていたのは、のび太《た》との思《おも》い出《で》があったからだった。一生大事《いっしょうだいじ》にするよ、とあの時《とき》、約束《やくそく》したから……。

のび太《た》は鈴《すず》を懸命《けんめい》に捜《さが》しているドラえもんの後《うし》ろ姿《すがた》を見《み》て、小《ちい》さく微笑《ほほえ》む。

そしてドラえもんに向《む》かって歩《ある》いていく。

「ドラえもん、あったよ～」

のび太《た》が声《こえ》をかけると、ドラえもんはハッと振《ふ》り返《かえ》り、

「ええ～～っ！　どこどこ～～っ⁉」

と嬉《うれ》しそうに走《はし》ってくる。

ドラえもんはのび太《た》の前《まえ》で立《た》ち止《ど》まって、キラキラした目《め》で見上《みあ》げた。

「どこ⁉　どこにあったの？」

のび太《た》は後《うし》ろ手《で》に持《も》っていた鈴《すず》を、ドラえもんの前《まえ》にかかげる。

そしてニコッと微笑《ほほえ》んで言《い》った。

「フフフ、ボクの靴《くつ》の中《なか》、なんてね！」

のび太《た》はてへっと照《て》れたように笑《わら》う。

それを聞《き》いたドラえもんは、すべてを理解《りかい》したように笑顔《えがお》になる。

「のび太《た》くん……」

のび太《た》があの時《とき》のことを、思《おも》い出《だ》してくれたとわかったのだ。

ドラえもんも照《て》れたように、微笑《ほほえ》む。

のび太《た》が鈴《すず》の半分《はんぶん》を差《さ》し出《だ》した。

ドラえもんも、持《も》っていたもう半分《はんぶん》の鈴《すず》を差《さ》し出《だ》す。

半分《はんぶん》ずつの鈴《すず》がゆっくりと近《ちか》づいて、やがてぴったりと合《あ》わさる。

二人《ふたり》の友情《ゆうじょう》をつなぐように、鈴《すず》が一《ひと》つになった——。

Shogakukan Junior Bunko

★小学館ジュニア文庫★
小説　映画ドラえもん　のび太のひみつ道具博物館《ミュージアム》

2024年10月30日　初版第１刷発行

原作／藤子・Ｆ・不二雄
著／福島直浩
脚本／清水 東　監督／寺本幸代

原案協力／むぎわらしんたろう

発行人／井上拓生
編集人／今村愛子
編集／伊藤 澄

発行所／株式会社　小学館
〒101-8001　東京都千代田区一ツ橋２−３−１
電話／編集　03-3230-5105
販売　03-5281-3555

印刷・製本／大日本印刷株式会社

デザイン／藤田康平（Barber）

Printed in Japan　　ISBN　978-4-09-231497-9